行走，让生命一路芬芳

古娟华 / 著

北京日报出版社

图书在版编目（CIP）数据

行走，让生命一路芬芳 / 古娟华著. — 北京：北京日报出版社，2022.1
ISBN 978-7-5477-4195-5

Ⅰ.①行… Ⅱ.①古… Ⅲ.①散文集－中国－当代 Ⅳ.①I267

中国版本图书馆CIP数据核字（2021）第256956号

行走，让生命一路芬芳

出版发行：	北京日报出版社
地　　址：	北京市东城区东单三条8-16号东方广场东配楼四层
邮　　编：	100005
电　　话：	发行部：（010）65255876
	总编室：（010）65252135
印　　刷：	北京军迪印刷有限责任公司
经　　销：	各地新华书店
版　　次：	2022年1月第1版
	2022年1月第1次印刷
开　　本：	710毫米×1000毫米　1/16
印　　张：	17
字　　数：	235千字
定　　价：	79.80元

版权所有，侵权必究，未经许可，不得转载

世界那么美,我想去看看

从小就想去远方

　　这是一本旅行笔记。
　　从小我就渴望去远方。
　　于是，若干年后，在生活的间隙里，我就有了许多次的出行经历。有时候，有的出行本不是去旅行，因为我当作旅行，便也看到了平日里不一样的风景。
　　这些年，因为喜欢，所以尽力前行。于是，便有了满满的收获和感动。
　　《圣经》上说，起初，神创造天地。……神看着一切所造都甚好。
　　一切都甚好！
　　世界那么美，我想去看看。
　　每次出行，我都让自己带上一颗欣赏的心，一支多情的笔，去看世界。所以，心中便多了说不尽的欢喜和美好。
　　空闲的时候，翻出记录，我会一次又一次陶醉在每一个行程的温暖和激情里。
　　行走，让我的生命一路芬芳，有了别样的意义。
　　愿我的文字给每一个热爱美好的人带来收获和幸福。

目 录

第一辑　面朝大海，春暖花开

我在海边有个家（一）　002
我在海边有个家（二）　004
在海边　005
捉螃蟹　007
在大海里游泳　009
真好啊！　011
去市区　013
奇特的云朵　014
在海风中沉醉　016
海边散步　018
海边的日子　020
想念海边　022

第二辑　武汉十日恰逢樱花开

一路走来　024
雨中游武大　026
游东湖　028
游不够的武大　030
天下江山第一楼　033
樱花开了　036
再去看樱花　037

01

　　　　　　看不够的樱花　039
　　　　　　武大真是个梦幻世界　041
　　　　　　希望与美好　043

第三辑　黄山归来不看岳
　　　　　　来到了黄山　046
　　　　　　翡翠谷　048
　　　　　　千岛湖　050
　　　　　　登黄山　052
　　　　　　美丽的光明顶　056
　　　　　　余味悠长　059

第四辑　行走，让生命一路芬芳
　　　　　　雨雾云台行　062
　　　　　　寻花闻香再去探牡丹　065
　　　　　　菊香　069
　　　　　　含英咀华满心香　072
　　　　　　在海边我常常醉着　075
　　　　　　五月黛眉　078

第五辑　天涯海角我的爱
　　　　　　向往一座城　082
　　　　　　来到了呀诺达雨林文化园　083
　　　　　　夜宿小渔村　087
　　　　　　上蜈支洲岛去　088
　　　　　　夜游鹿回头　092
　　　　　　大小洞天和天涯海角　094
　　　　　　夜宿红树林　097

　　　　　　　三亚千古情　099
　　　　　　我的三亚行，温暖又幸福　102
　　　　　　　　热带特产　103
　　　　　　　　飞来又飞去　105

第六辑　　日光岩上听潮音
　　　　　　　　遇见厦门　110
　　　　　　海上花园——鼓浪屿　114
　　　　　　　　在声音中旅行　118
　　　　　　　　闽韵华彩　120
　　　　　　　天下西湖漫步　124
　　　　　　　懂得一棵树　127

第七辑　　华东掠影，能不忆江南？
　　　　　　　南京与无锡　132
　　　　　　　苏州和上海　136
　　　　　　乌镇和杭州千古情　140
　　　　　　　烟雨西湖　143

第八辑　　天蓝地绿大东北
　　　　　　山海关与东戴河　146
　　　　　　　幸福的阿尔山　148
　　　　　　　去往满洲里　151
　　　　　大兴安岭中的满归镇　154
　　　　　　鸡冠之北的赞歌　156
　　　　　从黑河口岸去往俄罗斯　160
　　　　　珠串样的五大连池　163
　　　　　　向往中的哈尔滨　166

03

美丽的长白山　170
边城丹东　173
难忘大连　176
烟台蓬莱　179
回望东北行　181

第九辑　人说山西好风光

奔腾的交响　186
我在平遥　189
半城渠家　193
古地道探秘　195
大槐树的故事　198

第十辑　西北也有桃花源

新疆，我是认真的　202
来到了吐鲁番　204
博斯腾湖，我是如此热爱你　207
巴音布鲁克草原　209
美丽的那拉提草原　212
赛里木湖——大西洋的最后一滴眼泪　215
魔鬼城与五彩滩　218
人间仙境——喀纳斯　221
禾木——西北之北的桃花源　226
可可托海，我们来了　230
天山天池　233
风情万种的新疆国际大巴扎　235
大美新疆，辛苦也无悔　237

第十一辑　碧水秀山入梦来

初至贵阳　242

绿色的梦境——我们来到了大小荔波　244

千户苗寨一幅画　247

黄果树瀑布——此行我们为你而来　250

青岩古镇漫步　254

多彩贵州，峰林遍地如画卷　256

山水醉　258

第一辑　面朝大海，春暖花开

有梦的日子，生活都是诗。

因为诗人海子的诗句"面朝大海，春暖花开"，我在海边买了个小小的房子。后来，把自己的微信起名春暖花开。

我在海边有个家（一）

很小的时候，我就特别羡慕同龄的孩子。星期天，他们会去自己的奶奶家或者姥姥家玩耍，然后在同伴们面前炫耀，奶奶和姥姥是多么多么亲！可是，这一切，对我来说，都是零印记。我没有奶奶，没有姥姥，在我很小的时候，她们就离开了这个世界。

一个小小的女孩，她是多么渴望被爱啊！当同伴们炫耀的时候，我的心里是多么失落！我是多么渴望亲情，或者说渴望到别处去走一走。我一直没有地方可去，直到大我16岁的大姐成家以后。

我是多么渴望去走一走亲戚啊！

放假了，小小的我不顾妈妈的反对，一个人走着路——那时候还没有自行车，走过一个又一个村庄，到一个唯一可去的地方，我的大姐家里去。尽管孤独，可是，我的内心是多么喜悦啊！小树单薄的影子仿佛懂得我的心思，在我身边轻轻摇曳，田野的庄稼就像一个温和的大妈，向我发出诚挚的问候。我一个人走在乡间的土路上，小小的身影寂寞却是那样欢乐。

从小我就渴望到远处去走走看看。

这个梦想仿佛在我的内心蛰伏了40多年。

那一天，我的楼上邻居在楼梯口告诉我，她在海边买了房子的时候，我的内心不异于投进了一颗炸弹。身在中原，从不敢想我们这里的人会在外省的大海边买房子的我，内心是那样的不平静。2009年11月2日，当邻居再去海边的时候，我是那样急切地跟了去。并且，在海边看了样品房之后，竟然那样义无反顾地交了定金，也在海边买了自己的房子。

我在海边有个家。

我怎么也没想到，多年以后，我竟然在海边有了个家。啊，也许是小时候那种最原始的渴望吧，也许是骨子里我的心就充满了浪漫吧。总之，连我自己也没有想到，我会在那么远的地方，有了自己的家。

有时候，我也会觉得自己有点不可思议。可是细想想，也就释然了。也许是从小生活在平原，我的内心渴望异样的生活，也许是大海那宽广的胸怀梦一样牵住了我的心思了吧。尽管路途是那样遥远，可我，还是那么真切地渴望着，自己能有机会在海边好好生活一段时间。然后，常常出去走一走，亲近大海，把所有的梦想变成现实，把所有的浪漫变成真实。

快了，交房的日子就要到了。我与大海的相约就要到了。我喜欢在海边有个家，我喜欢自己把梦想变成现实，我喜欢在现实尽量生活得浪漫舒展。

我在海边有个家（二）

我在海边有个家。

每每想起这句话，我的内心里就充满了种种浪漫的想象。

海边，沙滩，天海合一，凉风习习。

啊，只要一想起这场景，我的心里就对大海充满了无穷无尽的向往。

我在海边有个家。2009年初冬，我去了一趟威海乳山银滩，在那里做梦一样买下了一个60多平方米的房子。房子不大，但是很温馨，在海边能有那样一个家，我觉得非常满意。

已经到了收房的时间，只是儿子上学的事还未安排好，要再等上一些日子。可是，我觉得我的心已经飞向了威海乳山银滩海边我们的新家。

真的，这辈子我怎么都没想到自己会在那么远的地方买了房子，而且是海边。这是小时候，再浪漫我也想不出来的事情。

我感觉自己已经非常期待了，那样的日子会是多么美好！

赤足走在沙滩上，海水一波一波涌向身边，水天茫茫，一望无际，观海听潮，那样的日子该会是多么让我留恋！

在海边

暑假里，我千里迢迢去了海边。

以前说"千里迢迢"这个词，只是说说而已，根本没有什么空间概念。现在却是真真切切地有了体验。

2010年7月19日晚，我和老公带着儿女，从老家出发，在郑州登上火车，北上青岛，一路经过了多少个城市已经记不清了。到达青岛时已是20日下午1点，一下车便赶快买了青岛到乳山的大巴车票，等了一会儿，坐车又是3个多小时。到达乳山市已经近6点，打车问路，到我们买房的小区已经下午6点多了。

一路颠簸，只觉得满身疲惫，腰部疲劳严重，有种受不了的感觉。只觉得一路走来，新家太远太远了，我甚至都有了后悔的意念。

千里迢迢，在海边买个房，值吗？刚开始买房的兴奋经过一路的颠簸已经变成了心中的问号。

可是，当我们从物业拿了钥匙，乘着电梯，来到我们的新家门口，打开房门的那一刻，眼前的景象立刻就融化了心中所有的疑惑与劳累。只有一个意念在心中升腾，那就是千里迢迢，所有的辛苦都是那么值得！

好温馨的房间！好浪漫的落地大窗！好宽敞的大阳台！

阳台外，左边是如画的山峰，右边是明镜般的大海。正前方，一幢幢楼房环海而立，沿海公路如带子一样延伸向远方。小区门口还有一个绿茵茵的高尔夫球场。一切都如画一样，尽在视线中。

我的心一下子就变得柔和浪漫起来，这不是从前在书上看到的画面吗？

放下行李，我就啧啧称叹起我的新家来，尤其是那个大阳台，露天的，站在这里，我可以把周围的风景一览无余地摄入眼中。我贪婪地呼吸着海上的空气，只觉得一切真好。千里迢迢的辛苦，早已被海上吹来的风带到不知什么地方。

大海，就在路那边。我在海边有个家，面朝大海，春暖花开。这个梦想从此变成人间现实。

捉螃蟹

海边的生活非常有趣。

到海边第二天的中午，物业上两个女人来打扫了房间。两个孩子和老家的邻居去赶集买回了一些日常用品，比如锅盖子、小盆子，还有西红柿、黄瓜、茄子等蔬菜。

下午，老家的邻居来叫我们去捉螃蟹，说潮退了，正是捉螃蟹的好时机。一听说捉螃蟹，我们便提着中午刚买回来的小铲子、小水桶和邻居出发了。

邻居大妈很有经验，她告诉我们螃蟹的小洞是什么样子的，怎样去挖，很快我便掌握了要领。

刚退潮的沙滩上，星星一样分布着一些小洞洞，只要不是太小的，一般都是螃蟹的洞。看见一个小洞，得轻声点，不能把螃蟹惊跑。在离小洞很近的地方，把小铲扎下去，然后往上挑，往往那一团被挑出来的泥沙里就有一个小螃蟹在慌乱地挣扎着想逃跑，或者呆呆地装死一动不动，等你以为没有什么把那一团湿沙扔掉好逃生。

螃蟹逃得很快，在你还没反应过来的时候，它就慌慌张张地往沙地里钻,逃得快的,还真钻进沙里找不见了,仿佛有隐身术一般。但大部分都逃不过我们的眼睛,它一边隐身,我们一边快速去捉,这样的螃蟹我总是拿了又掉,掉了又拿,然后它挣扎到沙滩上,又被我捡起来,再放进手中提着的小水桶里。因为怕被螃蟹夹手,所以邻居让我带了两根筷子,我就用那两根筷子去夹住螃蟹,就在我去小桶里拿筷子的时候,被惊动的小螃蟹便会迅速地逃跑,仿佛和我捉迷藏一样,有的逃掉,有的被夹了回来。

邻居家的小女孩有10来岁,特别会捉螃蟹。有时候我们两个合作,有时候我们分开寻找,她捉了一只螃蟹就会大声地叫我过去。我提着小水桶,她用铲子端着有螃蟹的那团湿沙,我快速奔过去,用筷子夹住那还在泥沙上慌作一团的螃蟹,放进小水桶。这时候,我们俩人仿佛完成了一件大事似的,都会轻轻地松口气,再继续寻找。

刚退过潮,沙滩上湿湿的,软软的,赤足踩上去,很舒服。我们就那么找啊找啊,挖啊挖啊。后来,我发现,在我们走过的地方,一大团一大团的泥沙被我们挖出来,仿佛天空中一团一团的云朵一样,铺满了身后的沙滩。

弯下身寻找,蹲下身去挖螃蟹,当我们感到浑身疲累时,看看小桶,已经有了那么多收获。大大小小的螃蟹挤成一堆,在小桶的水里相互揪扯,而身后,那一团一团如云朵一样的泥沙平铺了那么大一片沙滩。

就这样,我们挖了一下午的螃蟹,兴奋了一下午。

赤足,走在细软的沙滩上,提着一个小水桶,拿着一个小铲子,挖下去,夹出一个小螃蟹,啊,这生活,真是一种别样的体验。

在大海里游泳

　　海边的日子丰富多彩。最喜欢在午睡后抱着游泳圈到海边去游泳。这对于生活在中原的我们来说，无疑是最具诱惑力的。

　　第一次去海边游泳的时候，是在大拇指广场的海边浴场。我不敢一个人在水里游，紧紧地抓住老公的游泳圈，恐怕一个人漂在水上站不起来被海水淹没。

　　可是，游泳这件事实在是太好玩了，慢慢我就在海水里适应了。我试着一个人游泳。还行，没有想象的可怕。海浪也不大，于是就大胆地离开了老公，一个人玩起来。一个人游的感觉真好，游泳圈就在腰间，我让自己坐在海水中，有时候也把脚伸到水面，拍打海水。慢慢地，我还把头向后仰，枕着游泳圈，头望蓝天，闭上眼睛。这个时候，我的心是那样静，身子是那样轻，天地海水融为一体，拥抱着我的身心，我感到从没过的惬意。

　　睁开眼睛，我发现老公不断变换着游泳姿势，显然他已经很喜欢游泳这件事了。而女儿和儿子呢，更是游得不亦乐乎。海水里到处都是游泳的人，大家笑着，闹着。啊，天空与大海还有游泳的人一起沉醉着。

第二次游泳的时候，头有点疼，海浪也有点大，呛了几口水，可还是很想游泳。每一次海浪涌来的时候，海面上充满了尖叫，欢笑，有人怕着躲避，有人用身子去迎接浪花的洗礼。浪花过了一排，迅速又涌来一排，大家总是兴奋着、尖叫着躲过一排浪花，再去迎接下一排浪花的到来。

我和女儿避开岸边的海浪向深的地方去，浪花便没有那么猛烈了。每一次海水涌来，不过是把我们拥上去又推下来，那是一种很得意的享受！过了一排浪花，我会盼着下一排浪花，被海水拥来拥去，就像躺在一个大摇篮里。

孩子们不愿意游了，我还是不愿意出去，贪婪地在水面上荡来荡去，无限留恋。

与大海亲密接触，身心全都放到海水中，我觉得心情愉悦，身体舒适，真是其乐无穷！

真好啊!

　　中午去仙人桥看海,正是涨潮的时候。

　　站在海边,看着海浪一波一波地冲击海边的礁石,卷起雪白的浪花,不由想起苏轼的诗句:"惊涛拍岸,卷起千堆雪。"

　　真的,未见海时,这些句子只存在意念里。而现在,一切就在眼前形象地展现,让我不由得充满了对浪花的无限爱怜。许多人和我一样,不断地走近礁石,然后,让浪花打在自己腿上、身上,感受那份惊心的惬意。

　　我陶醉地站在礁石上,让海水涌过腿脚,打湿裙摆。

　　从未见过如此惊心又好看的浪花。只见海水一波退下,一波又狂奔着扑向礁石,在这样激烈的撞击中,产生出一堆堆白如雪的浪卷,退去,又卷来,退去,再卷上来,气势磅礴,又充满无限诗意。岸边的我们看得痴痴呆呆,不由在脑子里浮现出"洪湖水浪打浪"的场面,仿佛心中的尘世也一次又一次被击打冲洗了一般,整个人变得空空茫茫,感觉这个世界真是新奇!

　　忽然发现身后不断传来"真好!""真好啊——"的感叹,回头看,才明白是同来的大妈在身后发出来的。"真好啊！"我觉得此刻再没有什么更好的词来形容心中的感受了。

真好啊！回去的时候，大妈还在不住地感叹，而我也是同样的感觉在心中一次又一次重复。

真好啊！大海，雪浪花。

去市区

　　下午和老公乘车到市里购物，发现乳山市特别干净。而且路边有许多绿色公园，环境特别幽静、舒适，满眼都是绿色。许多老人就坐在路边乘凉，那悠闲的样子，让我明白了他们长寿的秘密。

　　真好啊！一路上，我的心思都是这样的感觉，路边的长椅，干干净净，等待着路人坐上去休息。没有看到急匆匆的行人，每个人都那样悠然。而无处不在的大片绿色更是葱茏了我的双眼，让我的心一次又一次沉醉。

　　真好啊！一路上，我的心中都涌动着这样的感觉。啊，这一切，真好！

奇特的云朵

晚上，我早早便下楼来到了小区广场。如水的音乐正在小区里淙淙流淌。我的心早就被吸引了过去。

跳了一会儿舞，我坐在运动器材上欣赏别人的舞姿。心很静，抬头看天，发现天空中满是绵软成团的云朵，正从我们小区十九层楼顶飘过。这是我们老家从未有过的景象。这里的云总是特别低，尤其是夜晚，天空中的云朵仿佛一群对人间无限向往的仙子，白天被看管着，而晚上有了自由就偷偷地跑到人间来。

夜晚的云，就像海边天空中开出的花朵，非常诗意地铺满了小区上空。那云看起来又像一个个性格温柔的少女，很美很静让人浮想联翩。而且它们总是低的仿佛可以手牵怀拥，一大团一大团，在天上跑啊跑啊。有时候，遇见灯光，会看得分外清晰。真有种想拥住的感觉，就仿佛拥住一大团极轻的棉花，想要抱回家。

看久了会看呆，因为那云不但如棉花一样松软，而且一团团跑着追着，像一群可爱的娃娃，让人爱怜。回过神了，放眼望，会发现周围的天空云团很多，很大，很美，仿佛在夜的天空中开了无数的花朵。

在这样的云朵下，在如水一样的音乐中，我再次舞起来。我的内心变得更加沉醉，忘记了一切，觉得海边的夜，仿佛一首动听的华尔兹让人感觉华丽，美好。

夜晚的云朵变成了我心中诗意的花，令我难忘。

在海边，我还发现了云朵过马路的秘密。

中午，我在阳台上看风景。发现阳台下的马路原本被太阳照得晴朗朗的，忽然一下子变暗了，而稍远一点，却仍是金晃晃的明亮。如此近距离，反差却如此大，我好生奇怪。

抬头找原因，发现天空中一大团云朵正在移过马路上空。

再看地面，那巨大的影子仿佛树叶投下的花影，很明显地摇晃着，而且不停地向前移动。不一会儿，阳台下的马路又变成了金晃晃的明亮。再向远处看，啊，正好又有一大朵云在过马路，那一段公路暗暗的，仿佛罩在树荫里。不一会儿，那朵云也过了马路，飞到远处去了，马路上又被金灿灿的阳光铺满。

太奇怪了，我抬头看天空，发现天空要么蓝得可心，要么有一大堆云拥在一起，仿佛赶集一样向前追得很快。

海边的云，真是奇怪得不可捉摸，一团团，一堆堆，低低的，绵绵的，仿佛就在眼前。眨眼的工夫，就会跑得不见踪影。

我向远处望，沿海公路上，一段阴暗，一段光亮，这次我知道了真正原因，不由轻轻笑了。

这些云啊，仿佛一群天真顽皮的孩子，推推搡搡，变幻无穷，让人感觉充满了无限趣味。

在海风中沉醉

风自海上来,带给我们无边的舒爽。夏天的海风,总是叫人难忘。

办完了收房手续,接下来的日子我准备尽情地享受一下海边的生活。那天早上,去老乡家借来了自行车,先去买了肉和菜,准备中午做饺子吃,然后又买了些早点。

去给老乡还自行车的时候,我突发奇想,何不骑着自行车,到沿海公路上去逛一逛呢?

儿子拿着东西上楼去了,而我,戴着我的乳白色大檐帽,用袖套套好胳膊,全副武装,骑上车就出了小区的大门。

好爽的感觉!正好是一段微微下坡的公路,所以我不必太用力,自行车仿佛在自由滑翔,风在耳边悄然滑过。高尔夫球场绿茵茵的,大海就在公路边上。公路仿佛清洗过一样洁净。我经过一个小区又一个小区,然后来到了山东外事翻译学院的门前。这里路边有一排小摊位,卖蔬菜的,卖海鲜的,卖小吃的,卖饰品的,琳琅满目。我下了车,买了点海带,这里的花生也比较有名,买了一些,然后欣赏了一番外事学院那高大气派的大门,沿着海边公路折回来。

洁净的路面，辽阔的大海，宽阔的绿色草坪，浅蓝的天空，大团大团的白云，一一在我的眼前展现。海风凉凉地吹着我，好不惬意！裙子在身边飘起，我一手拉着要被吹去的大檐太阳帽，一手扶着车把，迎着海风回去，感觉自己仿佛行在画里面。真的，很享受，甚至疑心自己身在天堂。真好啊，我不由得再次在心中感叹！

这是我第一次在海风中忘乎所以。

那天，在小区门口的台阶上坐下，享受海风的吹拂。邻居小姑娘才七八岁，在我身边一个人叨叨着一些童话。我闭着双眼，任海风从身上拂过，竟然昏昏欲睡起来。而小姑娘在我身边都说了些什么，竟然一概不知。只知道当时，风吹，心醉，人微微想瞌睡。那天天空阳光不强，但我坐在正午的台阶上，仿佛享受内陆9月的凉爽。那个中午，我做饭很晚，因为海风仿佛温柔的母亲摇着一个摇篮似的，把我摇醉了。

常常让我陶醉的地方，还有小区外侧楼下的拐角处。那里有一个大理石台阶。没事的时候，我会和小区的邻居一起坐在那里吹海风。因为是路口，离海又近，海风总是凉凉的，吹得人爽爽的，全然不像三伏天。所以，只要没有太阳，那里便会坐着一些人，在享受海风的吹拂。

如果天气太热，我们便会选择去游泳。不管天上太阳多么赤热，在海边，在水上，却是凉风习习。尤其是从海水中上岸时，那风挺凉，会有种让人受不了的感觉。

在海边，大多数时候，都会有海风肆意吹过。它不管不顾，带给我们舒适与凉爽。让我们对大海，念念不忘。海风中，我的身体、心思、情感都会变得和海一样舒适、浪漫、柔情。

也许是我太爱海边的生活了吧！这真是海不醉人，人自醉！盛夏里那缕缕让人清爽的海风，让我变得仿佛春天里的花朵一样柔情。

海边散步

没事的时候，我最喜欢到海边去散步，尤其是早上。

昨天一个人去的时候，海潮已退，零零星星的有一些人在捡拾着什么。

我赤足走在沙滩上，就像平时在广场上走石子路，足底被细沙抚摸，很舒适。

有时候，我走在浅水区，脚边的小银鱼仿佛小蝌蚪一样又多又机灵，它们追逐嬉戏，让人无限怜爱。

裸露的沙滩仿佛被海水印了模子一般，一波一波的。我专门走在沙脊上，足底便被按摩得更舒服了。有时候，我也走进海水里，一步一步，仿佛踩着无数的快乐。

今天早上，借了邻居的自行车我沿着海边公路去兜风，想看看乳山银滩有多远。

未承想，骑上自行车，就像搭上了顺风船一般很轻松便跑了老远。不久，就到了银滩的尽头。

听别人说这里有两个小区开发得很好，我按图索骥，终于找到，一边欣赏，一边把自行车推到路边的沙滩上，因为海边有个小亭子。

我在亭子下的木凳上休息了一会儿，本不想下到沙滩去的，可是禁不住海浪一排排拍打沙滩的雄壮与浪漫，我脱了鞋，赤足走在沙滩上来到了海边。

早晨，沙滩上人不多，几对夫妇赤足在海滩散步。海浪仿佛得了清闲似的，一排接着一排，汹涌着，推挤着，向沙滩扑过来，一浪过去，一浪再冲上来。我站在沙滩上，任海水涌上来，扑在脚面上，然后又看着它们悄然退下。静静的海滩，呼啸的海浪，完全放松了的心情，我一个人呆呆地在沙滩上走着，忘记了来世前生。

空气凉凉的，沙滩凉凉的，海水亲吻着双足凉凉的，一切都凉凉的，充满了诗意。

我一个人，但却一点都不觉得寂寞，我站在海边，任海浪带走足底的流沙，再看着沙粒一点一点随着海水流到海里去。

这真是一种让人难忘的感觉！

沙滩很长，而海浪排成的队伍也很长，一排排，一堆堆，涌过来又退下去。让我看得发呆。

太阳渐渐升上来，空气渐渐有了温度。我这才回过神来，穿鞋，推车，回去，与长长的沙滩告别。

后来的许多天，每天早上，我都喜欢到海边去赤足走一走，那细沙带着海水的狂野与浪漫，总是把我的足底弄得舒舒服服。然后，我会在海浪冲上沙滩时去踩踩水，感受海水亲吻脚丫的欢乐。

海边散步，给我的生活注入了无边的清新与欢乐，让我的生命变得纯真快乐。

后来的很多个日子，一想起海滩散步的场景，我的内心便会变得无限遥远天真。

海边的日子

以前放暑假,我常常都是这样的感觉:刚开始的几天兴奋,渐渐就开始变得郁闷,然后是渴望,渴望开学,回到热闹的校园,回到上班的状态。也就是不能承受生命之轻,即无事的日子便会感到空虚,不会享受生活。

今年的暑假却截然不同,开始是盼望,盼望儿子的中招成绩出来,再后来是盼望一中开始招生,给儿子安排好上学的事。等拿到儿子的入学通知,我的心便进入另一个境界,那就是准备买火车票,去威海银滩收房。

我在海边买的新房早就到了收房的时间。

接下来的日子就变得完全超出了想象。是的,从没有什么时候,像今年这个暑假这样,我的生活变得轻松、别样和欢乐。

以至于回来这么长时间了,我还念念不忘,无论和谁提起这件事,都是从未有过的兴奋。我会滔滔不绝,变成一个让别人吃惊的人。尽管自己也曾悄悄地告诉自己,不要太兴奋,要尽量低调。

哎,那异地的生活,那海边的日子,怎么能让我忘记呢?

在那里,我这个常常容易神经紧张的人一下子就变得棉花一样放松了，在海边，什么前尘往事都变成了空白。

　　海边散步，在海风中沉醉，捉螃蟹，吃海鲜，游泳，这一些别样的生活内容，一下子把我的日子变得轻松、诗意、浪漫起来了。以至于，我都不想回到家乡来了。即使回来了，还对那些日子念念不忘。

　　这个暑假是快乐的，令人难忘的，尽管我被晒得黑黑的，像个种田人，我也无怨无悔。我感觉自己的心儿像春天的风一样诗意欢乐！

想念海边

已经回来几天了，可还是很想念在海边的日子。仿佛一切就在眼前，连儿子都说真想坐火车再回去。

是的，那一段日子已经如珍珠般镶嵌在我们的生命中了。

天高、海阔、草绿、云朵秀美，整个身心都变得像海风一样舒爽与温柔，这就是我的海边生活，充满了无限的趣味与欢乐。我爱这样的生活。

同时我也明白，为什么那么多都市人，会来到银滩。他们都和我一样，渴望别样的生活，想要远离都市的枯燥与水泥的拥抱，还有那越来越多的人群的浮躁，而希望与大地、蓝天、大自然相亲相爱，过一种逍遥自在无限放松的快乐生活。于是，这种心理就成就了银滩的开发。

好想念那无边的大海，凉凉的海风，以及到处都是绿色的周边环境，还有那里淳朴的民风。如果有时间，我会经常飞去银滩，体会我的别样生活，让自己变得无边轻松与浪漫。

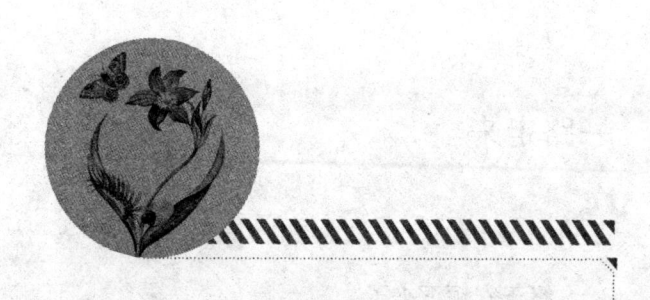

第二辑　武汉十日恰逢樱花开

古人有"自在飞花轻似梦"的诗句，而我，恰好在春暖花开时节来到了武汉。行走在武汉大学的樱花大道上，我的眼前恍如梦境。

一路走来

终于安顿下来了。

我从背包里拿出笔和本,坐在了宾馆窗前的桌子旁。窗外是个小区,不时传来人们说话的声音。抬头看,天还是阴的,但是雨已经停了。昨天整整一天都下着密集的中雨,搞得我们很尴尬。现在,雨停了,我们的心情也跟着缓过劲儿来了。

窗外,小区的绿树很多,天空偶尔还有一群鸟飞过,留下清脆悦耳的鸟鸣。

啊,终于可以安静下来了。女儿去听老师授课,我一个人留在宾馆,先整理东西,把房间用卫生纸擦了一遍,然后把衣服挂出来,吃的、用的也摆放出来,让包包也透透气,昨天它们也被雨淋了呢!

在异地就像有了个家一样,我环顾四周,觉得还行。

回想我们从家里出发,到现在仿佛已经很久远了。不说千山万水,也过了中国两条最长的大河:黄河与长江。我们已经从黄河之北到长江之南了。

可一切又仿佛都在眼前。

女儿考研笔试分数出来,我们异常欣喜。再后是日子临近,订火车票，买东西，好多的事情。

就在前天，也就是 21 日中午我还在学校赶课，购买路上所需物品。下午老公开车送我们到车站，坐上城际公交车到达郑州火车站，等啊等，等到夜里 12 点 18 分，上了火车，躺下。

卧铺。一路颠簸，我们在火车的摇晃中沉沉睡去，又在火车的一次次晃荡中醒来，做梦一样，已到了湖北。

22 日清晨时分，我特意坐起来，要寻找长江的真面目，然而却不知身在何处。

天大亮的时候，一位同车的男士告诉我，眼前的河就是长江。

啊，不是影视中清绿的江水，也仿佛黄河一般，河水有些黄。我终于见到了长江，在长江大桥——我小时候在课本里无数次憧憬的大桥上疾驰而过。

窗外下着大雨。

下车时，找不到公交车，费了点周折才打上车。司机还算不错，把我们拉到武汉大学附近，指了一个小客栈给我们。

大包小包的行李，提着走在雨中很尴尬，所以，就近入住。这已经是 22 日近中午时分，吃了点东西，休息。然后出去到武大校园溜达，回来，躺下便睡着了。一路劳顿，行李太重，一直睡到下午近五点。

醒来觉得精神恢复了许多。出去吃晚饭，看住处，又找了一家，觉得原来那个有点不太合心意。然后，又沿街转悠，发现了百货大楼、购物广场。

再回去，休息，听女儿练习自我介绍。再后睡觉，到天明，不想早起。

今天中午女儿要去听课，所以，赶快起床洗漱去吃早饭，换住处，办手续，搬行李，然后走进房间，收拾。

女儿去听课了，我摆好用品，坐在窗前，想写点东西。

这一路走来，真的很辛苦，但是也很快乐。

人往高处走，在高处，会看到许多往日看不到的景色，有许多新奇的体会。

一路走来，很累，住下来了，心就安定下来了。

雨中游武大

我们是 3 月 22 日中午到达武汉的。

一安顿好住处，我们便急不可待地走进了武汉大学的校园。尽管天公不作美，下着阵势不小的春雨，还是没有阻挡住我们前行的脚步。

听说武大的校园很大，也不知道新闻与传媒学院在哪个位置，一进校门，我们便乘上了一辆校车。可是未坐多久，司机就说新（闻与）传（媒）学院到了。

我和女儿下车，踏着台阶，走进了新闻与传媒学院的大楼，一层一层地看，终于找到了要领复试证的办公室。还未到领证的时间，所以我们了解了学院的情况后，下楼去逛武大的校园。

下着雨，到处湿漉漉的。

我感觉武汉大学仿佛一个森林公园，老树是那么多，它不是一棵棵，而总是一大片一大片，在这些树林深处，那一座座建筑，有现代的，有古色古香的，那就是一个又一个令多少学子向往的学院。老树的形状多自然而成，仿佛从未有人去修剪过，枝干纵横相交，遮天蔽日，把天空染成一片翠绿。

也有高大的白桦，洒脱大气，当然，正是初春时节，白桦还没有长出新叶，但那枝枝杈杈已足见气势。

在樱花大道，偶尔见到早开的花，有一些水茵茵、粉嘟嘟的，仿佛一个个女孩害羞了一般，叫人留恋。

大部分樱花还未真正绽放，朴朴素素的枝杈，缀着朴朴素素的花苞，在雨中显得特别矜持。

打着雨伞，冷得发抖，我的心却无限欢喜，真是一所环境优美的大学！一片一片古木，一堆一堆浓绿。枝杈在空中相交，连在一起，环成一个绿色的通道。

时不时听到鸟儿清脆的鸣叫，感觉特别空灵。这里的老树树干仿佛千万年一样古老，然而树叶却是绿生生的。虽然是初春，却仿佛夏天。走在校园，仿佛是走在夏日。只有偶尔看到几棵落叶的树木，才会想起，正是冬日刚过，新绿还未长出的时刻。

到处是绿色，仿佛武大没有冬天。我沉浸在这些绿色中，觉得虽然走在大学校园内，却仿佛在很古老的景区深林里。到处都是风景。一处古色古香的房子显露时，那就是一个学院在眼前了。或者一个现代化建筑在万绿丛中出现时，那又是一个新的学院了。

走了很久，也未走遍校园。觉得很累，衣服都被雨淋湿了，也只是转了武大的一个角落而已。

雨中游武大，只觉得心旷神怡。被雨水冲洗后的武大校园，树更绿，路更干净，空气更湿润了。

已经过了吃饭的时间，我们恋恋不舍地走出校园。

游东湖

3月24日。

早饭后,我下楼去武大,今天准备去逛逛东湖。

东湖在哪?在武大门口乘坐校车去很容易吧?猜想着,我向武大走去。

呀,武大门口的人真多,照相的在牌坊前用心拍照,还来了交警。樱花节到了,来看樱花的人还真多,校园里乘车的人挤挤挨挨的。我咨询了一位男士,说是乘坐校车到湖滨下车即可。我上车投了一元硬币站着,车上的人真多。湖滨好像是最后一站。车上的人大都在樱花大道下了车,我下车时,车里已是空荡荡。

我在湖滨下车,问了路,不久就走出了武大的凌波校门。校门对面便是东湖。

啊,好美的东湖!有小路似的木桥在水上织成简单图案。我走上去欣赏。许多人和我一样,欣赏着美景,不由就拍起了照片。我也拍了很久,才收起相机。

好大的一片水域!

不知彼岸在哪里，只知道坐船近的也要 80 元。天很晴，水很清，风微微荡动湖水，波光涌动，让人变得很安静。

好柔美的水！

当我们在武大的密林中留恋难舍，享尽绿色的滋润和涛声的涤荡后，眼前竟然又出现这样一片明镜似的水，心里怎会不惊喜欢呼，老天把这么美的景色都给了武大，怎不令人羡慕！

湖边有一条湖滨大道，两旁高大的白桦还未长出新叶，但从那枝干的形状上可以想象夏日的湖畔会是多么令人沉醉。两边的绿树在空中交叉，走在树下，望着湖水，心中柔柔的，有凉风吹过湖面，吹在心里，会有多少美妙的感觉？

湖中有小山，给湖水增添了许多灵气。湖边的船上写着：东湖，中国最大的城中湖。我不知道有没有夸张，但确实感到，一个城市的中心有这样一所林木葱郁的大学，又有这样一片叫人心生柔情的湖水，确实是一种美的享受！

我沿着湖滨大道向市中心走，好长的路，我走着看着，脚步很累，心却无限愉悦。

东湖就像一块明净的宝镜印在了我的脑海，湖滨大道就像一条绵延着诗情画意的长廊让我留恋。

游不够的武大

昨天，也就是3月24四日，旅游的人多了起来，连交警都上岗执勤维护秩序了。加上周末，来武大看樱花的人挤挤挨挨，一下子把武大弄得赶大集似的热闹起来。

中午我从校内坐车去游东湖。下午休息了一下，便忍不住又去了武大校园，总也游玩不够似的。晚上，我又去了武大。

夜晚的武大也仍然没有变得安安静静，路上行人不断。音乐声里，有人在跳交谊舞，让我想起家乡晚上跳操的人们。

今天下午，随着挤挤挨挨的人群我又去了武大校园。

看樱花的人简直让人透不过气来。我随着人流，又来到樱园，后来才知道，原来这里是武大的梅园，树上开的是梅花。梅花很灿烂，粉的如云，红的如霞，一小朵一小朵开在枝头，引得游人驻足仰望，在树下拍照。

刚来的时候因为下雨，人比较少，今天却不一样，树下全是游人，摩肩接踵。我没有再向前去樱花大道，因为我知道那里的樱花还未开放，我去树间的石凳上休息，那里有幼儿园的年轻老师带着孩子们在树下做着天真的游戏。

　　我忍不住掏出相机，拍了几张照片，因为那些天真的孩子，更因为上面的老树。我特别喜欢武大校园的老树，那树总是自由随意地长，有一种天然成趣的味道。许多树干仿佛巨人的长臂伸出很远，树下的游客，像走在密林中一般不见天日，却满心翠绿与舒服。

　　这样的树总是一棵棵挨着，形成一个独特的群落，仿佛一个又一个小小的森林村落连在一起，把武大环抱在浓绿深处，到处是绿色，到处是意趣，仿佛我们不是走在城市中心，而是走在僻远的老树林中，内心安然、静谧、怡然自得。

　　鸟声不断从绿叶间飘落，耳边仿佛有清脆的风铃在泠泠撞响，心中的快乐就像湖水一样让人感觉润泽。

　　每天我都想到武大的校园中走走。

　　游不够的武大！在我心中，武大是一座知识宝殿，更是一处诗情意趣浓郁的浪漫植物园。

　　走出来才发现：原来生活可以这样过。

　　因为女儿考研面试，我千里迢迢，陪着女儿来到了武汉。住下来，安顿好，女儿去学校听课，我照顾生活起居，之后有许多时间，便用来逛武大游武昌。

　　我发现自己很喜欢这样的生活。抛开了琐碎的家务，暂时放开了辛苦的工作，不牵挂家里的一切，牵挂也无用，所以一切都放开了。暂时可谓一个闲人。

　　每天我都有时间去逛武大校园。每次走进武大，我总觉得自己不是走在校园里，而是走在森林中。每次游武大，我都觉得是在风景区游玩。

　　在这里，我有住宿的地方，也不用做饭，每天旅游、随性、自然，拍些照片，回去再写点文字，这正是我最喜欢的一种生活方式。我似乎每天都在向往的生活中走着，看天看地看风景，发幽思，吃美食，我觉得这种生活正是我一直想过的生活。而且女儿正在为理想奋斗，这件事让我的内心充满力量和光明。

我真的有点迷糊了。原来生活也可以这样过。轻松、诗意、理想，充满希望！

我真喜欢这样的生活！

天下江山第一楼

到了武汉，怎能不去黄鹤楼！

中午在宾馆休息。下午准备去黄鹤楼。今天是3月26日，女儿去学校领准考证。本来准备早点吃饭，早点去黄鹤楼。可是，天气太热了，午后往床上一躺便不再想动，多休息了一会儿。

出去时已经两点，加上路线不熟，先乘车到了武昌火车站，再乘车到黄鹤楼。进去时，已经两点半了。

从南门买票，进去。然后拾级而上，过了大门，验票，进入黄鹤楼院内。

有许多旅游的团队。导游在给人们讲解，我跟随其中一个团队，听导游介绍鹅池。鹅池内，清水游鱼，鹅池旁，修竹成林，垂柳依依，碑廊环绕，名人的碑帖列队呈现，让人忍不住驻足欣赏。

跟着导游听了一会儿，我便想一个人随意走走。穿廊拾级，不知不觉，眼前猛然出现一座楼，呀，好威武！仔细看，发现正是黄鹤楼！

好高大，好气派，好雄壮！

仿佛天外飞来一样，让人觉得不可思议：它是怎样建成的？

楼前，下面一个牌子，上面一个牌子，"极目楚天""气吞云梦"，四个大红灯笼挂在一楼廊沿下与整个楼浑然一体。我在楼外走了一圈。原来，楼的四个方向设置一样，每一个方向都有四个大红灯笼，都有上下两个牌匾。"黄鹤楼"三个大字正挂在朝着长江大桥的那面顶楼上，特别醒目。

再看整个楼层，共五层，每层四角，每个方向有三个翘起的飞角，弧度优美，挂着铃铛。从地面仰头向上看，每层的三个角都聚合在一起，敦实美观。叫人想象不出能工巧匠们如何施工才造成这般景象。

真有气势！

围绕着黄鹤楼欣赏，感觉这是上天扔下的一根极粗壮的木柱，然后神奇地雕琢成了眼前这般有如鸟巢似的楼宇。紧凑、壮实的楼体，巍然站立在天宇下，叫人心生敬意。

在楼下转了一圈，我才上楼去。黑色镏金的大理石台阶，红色木地板的地面，让人感到黄鹤楼古朴中的现代气息。

每一层都有各自的特色。墙面上的黄鹤展翅高飞，但姿态各不相同。

黄鹤楼的发展被微缩成模型展示给游人。一些著名的字画、奇石被陈列在楼层间。每一层外面都有走廊，可以在走廊外欣赏远处风景。最好玩的是五楼，在顶楼西面可以看到长江！

本以为黄鹤楼在长江边上，可以在江边游玩，可是未想到黄鹤楼已经改建换了地址，在楼下未见长江，本有些失望，上了顶层望见长江时，一下子便兴奋起来。

一个楼房栉比的大城市，中间有水而过，这个城市便立刻有了灵气，有了滋润，真是一个美丽的江城！

站在楼顶，武汉的高楼大厦一览眼底，长江迤逦而过，大桥横跨南北，公路上不断有车辆驶向城市深处，火车道上偶尔有火车飞驰而过。

我在顶楼内椅子上休息。后来请一个年轻姑娘帮我在巨幅彩画前拍照。然后在走廊上听人介绍江那边的汉口、汉阳，以及汉江如何汇入长江。

在五楼足足玩了一个多钟头,我才恋恋不舍地下楼。

来之前,听说黄鹤楼已经重建,换了位置,曾感觉有些扫兴,觉得黄鹤楼已经不是那些大诗人足下的黄鹤楼了。可是,今天游历过,才知道,旧楼固然有古人的足迹,但新楼也有新楼的风韵。尤其是黄鹤楼的位置,正对面是武汉长江大桥,长江迤逦而过,大桥上是公路,车辆奔向楼的南面,出入市内。桥下火车道,绕开黄鹤楼,向着另一个方向伸展。站在楼顶,欣赏长江,整个市容尽在眼前,武汉的风韵也尽在眼前!

在黄鹤楼院内,我整整玩了一个下午,白云阁,岳飞广场,梅园,竹苑,我都漫步其间。直到六点,园内关门,我才恋恋不舍离去。

回头望,好巍峨的黄鹤楼!

正如门口墙上的大字:天下江山第一楼。称得起这个名字的,也唯有黄鹤楼而已。

昔人已乘黄鹤去,此地空余黄鹤楼。我拍了许多照片,涌出许多情思,这个下午我过得美丽充实。

樱花开了

　　时间过得真快，眨眼几天过去。已是3月27日。
　　下午我忍不住又来到武大的校园，走着走着，就到了樱花大道。
　　啊，樱花大道上的樱花全开了！好美哦！我兴奋地掏出相机，开始拍照，想把我在这里看到的所有一切都带回去给朋友和家人分享。累了，就收起相机，好好地欣赏。
　　真是美丽的花！小小的花朵，满树绽放，仿佛云霞那么温柔，仿佛一条花朵的河流在我的眼前漫延，一簇簇一团团一朵朵，有着淡淡的粉色，轻盈灿烂。
　　所有的人都和我一样，拍照，欣赏，留恋。询问了才知道，原来樱花就是昨天晚上才开的，花期七天，此为第一天。

再去看樱花

　　昨天下午听武大广播提醒同学们带学生证，看樱花好像得买票才能进入校园。今天一早，我便早早起床，简单洗漱后进了武大校园。

　　脚有点疼。几天来到处游逛，每天脚都是累得抬不起来。今天竟然未完全恢复。

　　本来要去看樱花的，脚疼，只好在校园西边的草地前坐下休息，看晨练的女人们跳舞。

　　好不甘心！

　　出去，再进来就要买票了。休息了一会儿，我坐上了校内公交车，投了一元硬币，再去樱花大道。

　　难得有这样的机会赶上看樱花。我很珍惜这个机会，宾馆就在校门口不远处，来往如此方便，有机会天天看樱花，为什么不珍惜呢？

　　我又来到了樱花大道上。

　　好灿烂的一条大道！

　　昨日才开，花多，未开的花苞也多，今天，未开的花苞减少，花开得更浓了。

满树繁花，缀满樱花大道的上空，仰头观望，心似云霞。

那花，花朵不大，但一朵朵密密相伴，看起来像雪又不是雪，淡淡的白，还有着极淡的粉，一棵棵樱花树连在一起，形成一条花的河流。那河流看起来很轻盈，很秀美，很温润，很让人陶醉。

刚来时，花未开，樱花树朴素得很，现在一下子开了，朴素的樱花大道一下子轻盈美丽成了花的海，让人耳目一新，情不自禁地喜欢。

好浪漫的樱花大道！

走在花树下，心里直觉得人生也似这样的秀美与温润了。

我从樱花大道的这一端走到那一端，又从那端回到这端，头一直仰着，时不时掏出相机来拍一些照片，再装起来，用心去体会樱花的美好。所有的游人都和我一样抬头驻足，欣赏，拍照，一脸美好！不时，看到一些上了年纪的男子在花前拍照，心里想笑却又释然，爱美之心人皆有之。

好不忍离开！我终于明白落英缤纷的意境！

因为樱花花朵小，花片更是轻盈秀美，飘落时纷纷扬扬，那真是一种绝美的意境。如今虽不曾有落樱，但樱花给人一种轻巧似梦的幻觉，还是让我如痴如醉。满树繁花的感觉真好！

走在树下，花在头顶秀美，人也似花一样轻盈美丽了。

终于明白，古往今来，人们为什么如此爱花。花让人的生存变得诗意，变得近乎理想。

在花下留恋，在花中沉醉，在花的世界里拥有花样的心境，这真是花样的人生！

到武大看樱花，真是一件浪漫的事情！怪不得前几日，我刚到武汉的时候，就发现街上的行人都在谈论这件事情！怪不得上个周末，一辆一辆旅行车载着人们来到武大校园。

今春，因为女儿考研面试，我有幸来到武大，正赶上樱花节，正赶上看樱花的最好时间，整个心情都变得樱花一样灿烂了！

看不够的樱花

3月29日。

昨晚女儿在住处准备复试内容，怕影响她，我一个人上街散步。忍不住地，我又来到了武大的校园。

夜晚的樱花大道上是什么情况呢？不会是黑咕隆咚什么也看不到吧？

有没有人夜晚去赏花，夜晚的樱花又是什么样子呢？心中怀着诸多的好奇，我又一次迈动脚步走向樱花大道。

我觉得自己特可笑，很珍惜这个时机，觉得再没有这样年轻的日子，这样美好的时间赶上看樱花了，若不是因为女儿考研面试，这个时间我正在千里之外的单位上班，这么远的路途，我不可能踩着这个时间点住在这里，等着花开。我在心里笑自己，其实也是觉得来得正好，不能错过了美好。我啊，简直成了早也看樱花，晚也看樱花，对樱花念念不忘了。

还未到樱花大道，就看到许多游人从樱花大道的方向过来，哦，原来比我好奇的人多的是。远远地就望见，樱花大道上灯火通明，走近了，发现樱花在灯下灿烂光明，好似透明一样，比白天开得更浓了，小小的花朵挤挤挨挨，密密麻麻，缀满枝头。

朦胧的灯光，灿然的花朵，悠然赏花的人，樱花大道似乎成了一条梦的河流，让人情不自禁地有美好的想象。

灯光在树上灿烂，花朵在灯光中迷乱，我仰头望花，流连忘返。

樱花大道的樱花都开了，好浓烈，好轻盈，像梦，像诗，像一首令人忘不掉的抒情歌曲，渲染着人们心中爱美的情思。

今天早上，我一起床，便又想到樱花大道去，简单洗漱，饭都没吃便赶去樱花大道，8点就得买票进入校园了。

天阴着，下着零星小雨。我打伞赏花，在樱花大道上漫步。一棵一棵的花树就在我的身旁，那花那么小却那么多，轻盈得仿佛用极薄的纸做成，但纸没有生命。樱花的花朵虽小，但满树繁花，白中透粉，像孕育着一个轻盈的花之精灵。

从这端到那端，这几天，我把樱花大道来回不知走了多少遍，脚都疼了，心却还想继续走。我上了樱顶，从上向下看，呀，真是一条花的河流，粉白的樱花，把武大的樱花大道装成一条诗意浓郁的河流。

偶尔有花朵坠落枝头，小小的，粉白粉白的，很秀气，很空灵。

喜欢生活中那些美好浪漫的事情，更喜欢生命中那些美好浪漫的景色，武大的樱花，让我的心有了满盈盈的幸福。

回去的日子越来越近，女儿的面试就在今明两天，我已经去买了31日晚上的火车票。再有几天我们就要回去了，我的心仿佛在一个诗意的梦境里不愿醒来。啊，女儿的上进，还有武大的樱花，让我的日子变得缤彩纷呈。世界上一切的美好总是叫人留恋。我想，这段日子就像一颗珍珠一样灿烂，在我的生命里让我难忘。不管女儿取得什么样的成绩，我们努力过，灿烂过，一切就都值了。

武大真是个梦幻世界

3月29日，早上，女儿去武大校区医院例行体检。中午回来，简单吃了点饭，便躺下休息，很短的时间，女儿又赶往学校去了。

下午英语口语考试，我一直在心里为女儿祈祷，希望她顺利。刚打电话来说考完了，感觉还可以。说不回来，在校园内复习，晚上还要笔试。哎，我终于可以放松一下心情了。

下午6点，学校撤去售票，游人又可以自由出入武大校园了。我买了吃的，又走进武大校园，本来准备在绿草坪处的台阶上坐下休息。可是，忍不住想看看校门右边的小山那边有什么，试探着从小路向右走，也不知能到达何处，顺着一处杂乱的树林往前，看不见大路，也不知能不能通过，偶尔看见前面有人从另一端走来，想，继续向前吧，没路了就回来。

好像走了很久，曲曲折折，高高低低，竟然柳暗花明上了一条大道，很干净的水泥大道。上面似桃花源中的村庄，是一个很僻静的角落。这里什么都有，工商银行，中国银行，教舍楼，列队路旁，路上行人来往，悠然自在，我显然是在小山的半山坡上了。

原来，从武大校门看到的是一座小山，密林笼罩，似没有人烟，走上来竟然又是一处风景，武大校医院，饭店，工会，都在这里。

武大就是这样神奇。

放眼望去，到处是树林，到处是绿色的树冠，看不清武大的全貌。可是，密林中你看到一个房角，那里就隐藏着一个很有名的学院。仿佛一个童话世界，绿色掩映了一切，搞不清武大有多大，就是站在樱花大道的樱花城堡上极目，也还是只看到一片片绿色的树林，仿佛童话的王国。

城市是喧嚣的，武大的校园是安静、诗意的，在城市的街道走累了，躲到武大校园的密林中小坐一会儿，听听鸟语，你会觉得人生真是美妙。满眼绿色，心如在仙境。

这几天，我在武大校园中留恋，了解了许多。原来，最初的武大是张之洞办的自强学堂，武大的校址是我国著名的地质学家李四光骑着毛驴寻得的。传说李四光骑着毛驴出外寻找校址，走到此处时，毛驴停下，怎么也不肯再走，李四光看见这里有山有水，就决定把校址建在此地。此处正是珞珈山的位置，校园内高低起伏，很少有平整的地方，到处都是小坡，还有丘陵一样的小山，山上密林遍布。

走在武大的校园，就像走在一个森林公园之中，但这里分明比森林公园更有文化氛围。

这几日，我在武大的密林中沉思，在东湖的柔水前漫步，再回到武大校园欣赏烂漫的樱花，体味了武大的诗意和文化底蕴。武大的校园不但有樱花大道，还有梅园、桂园、枫园。光是小学我就发现了两所，菜市场也一应俱全。我不知道武大到底有多大，这里有山有水有花，有久远的历史，有深厚的文化。我发现我已经深深地迷上了这所大学。

武大，真是个好地方。即使不求学，能在武大的校园走走看看，也不虚此行了。

我的内心已经和武大一样成了浓荫婆娑的世界，我的思想已经和武大的樱花一样，变得缤纷烂漫诗意无限了。逛不够的武大，已经如明珠一样镶嵌进我的思想深处。

我会常常想念这一段在武大的日子，它们缤纷了我的生活，让我变得无边欢乐。

希望与美好

今天是3月30日，女儿面试的时间。

天下着雨，早早出去给女儿买了早饭提回来，女儿只吃了很少一点。

女儿去学校，我在家为她祈祷。

9点左右，女儿发来短信，说抽了最后一名，有点紧张。我咨询了一个朋友，说比抽前面的好，心里略略有点放松，鼓励女儿沉着应对。我在心中默默为女儿祈祷，希望一切如愿。

坐在窗前写笔记。天阴着，大雨点变成了淅沥小雨。窗外，小区里树更绿了，不时有鸟声传过来。

希望女儿一切顺利！

昨天中午已经买过火车票了，31日晚上11点46分的票，4月1日早上到郑州，午饭前到家。

这是一段紧张但无比美好的日子，女儿大学毕业，考研过线，而且是全国名校，真的很让人振奋，让我的心里充满希望。孩子们的成长、成功都是我此生最好的安慰。

我会永远想念这段紧张但美好的日子！

2014年再记：

整理文字，想做个补充。我的女儿现在已经是武汉大学新闻与传播学院研二学生。2013年，她以专业第一的笔试成绩和面试第二的成绩进入武大学习。

第三辑　黄山归来不看岳

古人云：五岳归来不看山，黄山归来不看岳。因为这一句诗，我来到了黄山之巅。

来到了黄山

几年前我就有一个想法，想去登黄山。

因为我已经青春不再，向前望，等老迈，腿脚不行的时候再去爬山，那不可想象。因为那句：五岳归来不看山，黄山归来不看岳。我定下了爬黄山的计划。

可惜，这几年每年去海边度假，没有人和我结伴去黄山，因此，计划才放在那里，一搁就是三四年。

好在只要有想法，机会总会来。2012年暑假，远在新疆的朋友归来，大家聚在一起唱歌的时候，另一位朋友单位要去黄山旅游，问我们谁愿意同去？我当下就和新疆的朋友报了名，又叫了几个好朋友，这样，黄山之行得以实现。

真好啊，就要去爬山了！我在儿子的高中课本上，发现了一篇文章，是徐迟的《黄山记》。出发之前，我反复品味，从中触摸黄山的筋骨，然后有的放矢，饱览黄山之精美。就像认识一位新朋友一样，我从徐迟的文字里了解黄山，懂得了黄山之名的由来，黄山的文化渊源，以及黄山的四绝与壮美。

怀着对黄山的深深仰慕，我和同伴们相聚在县宾馆，然后热热闹闹地跟着旅行社出发了。这一天是2012年7月27日晚。

空调商务车把我们送到郑州火车站，晚上11点45分的火车，空调硬卧，一直睡到第二天早上7点多，在合肥火车站下车，坐上旅行团的空调大巴，穿过合肥这座陌生的城市，直奔黄山景区。

很远的路程，走了大约4个小时，其间，我们穿过气势豪迈的铜陵长江大桥，看到如黄河一样混浊的长江。之后，便是一路山景，仿佛列队欢迎的士兵，把我们引向黄山。

沿途的山真多。

走了几百公里，山一直如影随形。在高速公路上，远远地望去，两边都是山，山在不远处，山上绿茵茵，全是树，有松树、有毛竹，特别翠绿。十里画廊这个词在这里应该改为几百里画廊。

绿绿的山印在天上，山下不时有一处处别墅群似的村庄，显得幽静、安详。山上小树特别稠密，密密匝匝的绿染醉了我们的眼睛和心房。还不到黄山，我们就已经抛却了浑身的尘世俗味，神清气爽，快乐满怀了。

不知道多少里青山相随，不知道呼啸过多少幽暗山洞，终于在午后两点左右，来到了我们要住宿的福满楼宾馆。

宾馆就在山上，一开窗就看到了山。曾经向往过在山中住上一晚，这个小小心愿这次终于实现了。

放下行李，吃饭，休息。下午自由活动。一身的劳累在饭后化作云烟，一路的好奇在饭后化作不顾一切的行动。

真好啊！我们已经进入黄山，巍巍的大山就在眼前。

翡翠谷

28日下午为自由活动时间，有几个景点可以自费游玩，商量之后，我们几个人决定去翡翠谷。

司机把我们送至景点，我们买了门票，由一个导游跟随讲解，我们便进入山谷。

导游是一中年妇女，不太专业，但该讲的都讲到了。她给我们讲了翡翠谷名字的由来，说这个山谷也叫情人谷。知青上山下乡那些年的某个日子，三十多个知青到翡翠谷游玩，遭遇暴雨洪峰，被困山中，三天两夜。后来回乡，有二十人结为夫妻，其中有不少人还是翡翠谷内初次相识。为了纪念患难中的情义，翡翠谷从此也叫情人谷。

情人谷真是一个好去处，谷底溪水潺潺，水如翡翠般叫人爱怜。一路上有工作人员守护，不准游人用脚涉水，干净的山溪是山下人家的日常饮用水源。情人谷两边是青青大山，山上翠竹茂密，一根根直指蓝天，曾是电影《卧虎藏龙》的拍摄地。

走在山谷中，满眼翠绿，清凉无比。虫鸣鸟叫，此起彼伏。惹得我几次想坐在谷底的岩石上，静心倾听，放松神经。

有一个巨型石块，上面写着：明月松间照，清泉石上流。正是翡翠谷的真实写照。

山底清泉淙淙，山上一边青竹修直繁茂，一边松树密匝匝环抱。坐在宽阔的谷中岩石上，鸟虫合鸣，泉水淙淙，沉醉在天籁里，朋友几次呼唤才起身离开。

这山这水这树木这鸟虫之声，带走了身上尘俗，让人变得空灵，放松，怡然，如在梦中。

可惜日落西山，导游催促，我们只好与山与水与树林与鸟鸣告别。按原路回去，心中不舍，想：家的附近若有如此山谷，该叫人多么陶醉！可惜只是心中妄想，于是扔了思绪，拍了许多照片，然后，潇洒走出山谷。

世上美景良多，能踏进去，满心收获，已不枉此行！

出得谷来，有车相接，绕山路回去，满心快乐！

千岛湖

2012年7月29日，也就是六日游的第三日，早饭后，我们乘空调大巴去千岛湖，有导游相随，一路欢歌笑语。从导游的介绍中，我们简单了解了千岛湖的由来。

千岛湖位于浙江淳安，是一个人工大水库，当年淹没了两个县城，迁走了一千多个行政村才形成此湖。千岛湖水面露出的小山头，其实是淹了许多大山之后露出的多个小山头。随车的导游是个男的，口齿伶俐，比昨天那个中年女人要专业得多了。

到达千岛湖时，已是中午时分。

一池碧水出现在眼前，只觉得天也秀美，水也秀美，心也秀美，人也秀美起来。

啊，这水，这颜色，多么纯粹，蓝得让人心醉，干干净净，滋润我们的心田。

初见时，谁不迷醉，那么蓝那么多如画一般的水。

大巴车环湖行进时，我们的目光都被深深吸引，我们的心都在深深陶醉，车上没有一个人大声喧哗，大概都被这水的静与蓝惊住了吧？

远处山如画，近处，水如蓝颜料一般叫人感叹，这世上竟有如此颜色的湖，怎么都形容不尽千岛湖水的柔与美。我不是画家，但却喜欢极了那水的颜色，我不是文学家，但直想用某个高雅的词来表达我对水的仰慕与感叹。

啊，如此美好的水，如一个让人痴迷的梦境！

上了游艇，我坐在窗边，双眼与湖水相亲相爱，拿着相机拍了许多视频。心都醉了！

丽日当空，湖水被群山环抱，水中有小岛，青青葱葱，鸟岛，锁岛，幸福岛，我们依次走过，最叫人留恋难忘的还是千岛湖的湖水。如此的蓝，如此的美，要回去时，心里还是无限留恋。

千岛湖，是一湖诗意的蓝色颜料；千岛湖，是一个让人痴迷的蓝色梦境；千岛湖，仿佛一颗晶亮的蓝色宝石，镶嵌在我的记忆里。

登黄山

　　2012年7月30日早饭后，我们一行人坐交通工具上黄山。导游是个很有气魄的中年男子，瘦高个子，说话掷地有声，听说是军人出身。

　　在景区大门口，导游给我们介绍了上山路线和团队规则，然后我们买票入山。

　　从南大门，先上白鹅岭，再去始信峰。

　　由于晚上要在山上休息，第二天的餐饮需要自备，我们只好将吃的喝的分别装了几个袋子。

　　上山时，我和同伴除了每人背的背包外，还要各自提上一个装着食物的袋子，挺重的，我和同伴用登山的拐杖抬着。这样，无形中，我们俩成了一个不可分开的小团队。

　　同伴体力不错，有多次登山经验，她告诉我，要走快点，别落下，跟上大部队。有体力好的同伴，早已走在前面，导游也步履如飞，还未走多久，便不见了他们的身影。

　　然而，南大门到白鹅岭，山势陡峭，台阶曲折，走着走着，我便觉得很累。高高的山，深深的谷，青青的树，在身边，很美，很有气势。我很想停下来，驻足赏玩。可是，时间不允许。稍稍缓口气，便得迈步紧追，导游早走到前面不知何处了，连个影子都看不见。有上山的人，有下山的人，大家都在赶路。似乎爬山仅仅是为了爬山，这和我的想法极不相符。我这个人总觉得，爬山是其一，看风景是重点。可是，从南大门到白鹅岭，我几乎没空驻足观赏，只是被同伴催着，快点赶上前面的队员。

山上的石级很陡，必须注意脚下。有时候，偶尔抬头看一下石级，就觉得直陡陡，仿佛登天一般。一级一级上去，在一个小平台处才可以稍稍休息。抬头看山，真美！高大挺拔的山，长满翠绿的青松，画屏一般，让我们的心胸一下子涌起万般气势。山谷里，绿树相杂，石级旁边也不乏树影相伴，常常走在树荫下，感到仿佛穿过千亿年的胡同，来到风景佳美处。

挑山工随处可见，重重的担子压在黝黑的皮肤上，看着就觉得让人敬仰。那一担担食物，让他们身体佝偻，汗水飞溅，听得见他们的喘息声。一级一级依次往上，他们把幸福送到山顶，让饥饿的人有了保障。

累得不想走时，看看那些负着重负的挑山工，我的心里便又重新鼓起勇气，拾级而上。

没有想到这一段山路会如此陡峭，如此狭长，走过了一段又一段，好像无止尽的模样。

如果像我想的那样，走一段路歇一会儿，欣赏一会儿山景，一定不会如此劳累，如此匆忙吧？

后来想起来，都觉得自己只是在走路，在爬山，在完任务一样，山景看得太少，整个人太匆忙，仿佛急行军，只是在爬山，在赶路。

还好，由于追得急，在白鹅岭，我们终于听到导游那洪亮的声音，赶上了大部队，然后一起去往始信峰。

后来，有同伴总结经验，若再登山，此段山路，乘坐云谷索道可以省下许多体力，不至于到后来上光明顶，走不动，简直想退回去。

如梦一样，我和同伴匆匆赶路，总是稍作休息，便拾级而上，走过了许许多多的石级，才来到了白鹅岭。

没有顾得上照相，大部队便开始出发，落下的伙伴也不敢再等，跟着导游我们走向始信峰。

始信峰，山势平缓，这里主要是奇松的聚集地。跟着导游，我们观看了黑虎松、连理松、龙爪松，在这里，我们拍照留念，稍作休息。

刚才还是阳光普照，片刻之间，山中乌云翻滚，赶大集一般，未多久，细雨便开始下起来。

细雨中，我们经过梦笔生花，北海，来到了西海梦幻景区。

小雨渐大，我们都穿上了雨衣，雨中游览，空气有点黏，极不舒服。但脚步未停，西海大峡谷出现在眼前，一路上，怪石繁多，仙人晒靴，孔雀戏莲花，猪八戒吃西瓜，在峡谷的那边山头一一呈现。由于雨后山石湿滑，导游介绍的西海梦幻景区我们未再涉足，仅在峡谷的栏杆处向下望，便觉得有点头晕目眩了。

空山新雨后，西海峡谷迷雾缭绕，如梦如幻，似仙景一般让人向往但又惧怕，山之高，谷之深，不可想象。望不到谷底，我们仿佛身在云雾顶端。

匆匆爬山，加上雨水淋湿了身体，天已晚，身体很累。导游说我们要过飞来石，到达光明顶，然后再到西海或北海找住处。

同行的人一听都反对，说能不能住在光明顶上，我们实在太累了。经过电话沟通，总算订好了房间。光明顶上的高低床，十人间，要住16个人。就是这样，大家也赞同，只要不让我们再下山去找住处。

有了目的地，我们似乎一下子又多了些精神。一行人跟着导游，过飞来石，拍照留念，然后走向光明顶。

到了，到了，远远望见光明顶上的大白球，仿佛一轮皎洁的大圆月落在一个平顶建筑之上。天空下，叫人如此向往和欢喜！

记不得如何迈步上了光明顶，只知道那时好兴奋，掏出相机，给同伴拍照，一个个笑容满面，好不兴奋，这样一个身姿，那样一个倩影，总嫌不够，山风虽然冷，但心里很兴奋。

正在拍照，听到有人说，快看，日落快结束了。

赶快扭头，呀，太阳已被云霞遮住了面庞。好在还未完全落尽，我手执相机，摁下摄像，把满天晚霞摄进了镜头。

红红的霞光与天上的云霭混成一片，如梦如幻，万山似乎也累了，在云雾里静静沉默，似乎要进入梦乡一般。

美丽的光明顶

山风很凉,晚饭后出去洗漱,冷得浑身打战。尽管月光皎洁,光明顶上异常美丽,但我还是匆匆洗漱之后进入房间休息,登山的疲劳让我放弃了观赏夜景。我实在太困了,简单收拾,我便躺在了床上。啊,好难忘的一个夜晚!

怎么也不会想到,自己竟然在1800米高的山顶上休息了一个晚上,尽管睡得不踏实,但我还是愿意躺着,身子如散了架一般,疲劳仿佛一种讨厌极了的纠缠。朦朦胧胧中,我度过了一晚。

不知道睡着了没有,只知道我睡得很不踏实。4点钟左右,我发现天已暗蓝,感觉天将亮,便洗漱收拾,然后披着被子出去。未承想房间外已经有那么多人找好了观看日出的最佳位置。

我挤进去,人群似乎把山风挡在了外边,我裹着被子,有点热,放下又觉得冷。就这样望着东方,天际处,已是一片诗意。

啊,从北到南,一道绛红色的光出现在我的视线里。好美!红光前,重重山峦,层层叠叠,如画一般,加上有雾,千层山万重山都在云雾里轻轻浅浅地涌现,那么大的一个海,山的海,雾的海。

海那边，绛红的光从北到南，如梦如幻，在雾气中铺展。开始那光带比较细小，后来光带渐渐厚重，仿佛沸腾着弥漫成红色的火海。那光一点点变化，一点点扩展，一点点沸腾回旋，越变越好看，越变越浑厚。

当红光弥漫成海，我们头顶的云也着上了色彩。粉色的霞光如大鸟升空，如少女脸上飞出红晕，眼前色彩越来越丰富，如画一般，到处都是画。

有人等得不耐烦了，唠叨着。有人看不到光带，让前面的人把帽子拿下。还有人说松枝挡了视线，让人折下那树枝。手机、相机全举在人们眼前，此时的太阳就像一个新出阁的秀女，总也不见露面。

红光继续积聚、弥漫，从南到北，染红了整个东方的天空。我目不转睛，格外清醒地等待着。我知道，不管我披着被子多么累，我脚下的山石多么光滑，我都要坚持着。因为，跑这么远来爬山，登这么高在黄山之巅看日出，这辈子，不会有太多次。

因为珍惜，我忍了一切，等待着。绛红的光越来越浓，这样的情景持续很长时间。那红光如云一样上下弥漫翻腾又静止着。我觉得眼前的一切真让我陶醉。千山万壑之上的淡淡云雾，似乎触手可及的暗蓝天空，如丝巾一样飞出的霞光，这一切，都那么美。在群峰之巅，能这样观日出，实在是幸福之极！

思绪飞扬之际，只见红光越来越亮。在那一点更光亮的地方，呀，太阳出来了。刚开始，觉得太阳像黄红的玉片，很晶亮，有种透明的润玉感，然后，太阳像一个新浴后的少女，一点点，一点点扯去面上的白纱，把自己的妆容给我们看。那时的霞光似少女脸上的红晕，羞怯怯，柔和美好。当整个面容露出来的时候，我觉得她还有着扭捏的女子娇羞。但千山万壑已不是刚才的静穆，青山披红光，大地焕光彩。天空下，美轮美奂！

啊，黄山光明顶的日出是如此壮丽，辉煌！

千山万壑上，一轮火红的太阳让世界变了模样。

再看光照处，一重重的山峰似被踩在脚下，近处远处都是雄伟壮丽的风景。

光明顶上看风景，处处是美景，千山万壑拜在足下。我们的心胸豁然如天宇般豪迈。

转过身，忽然瞧见西方群峰间，涌出的云如凝固了一般。导游说，你们来的时间还不错，那是云海。日落，日出，小云海，奇松，怪石，你们都见识了，晴天，雨天也都经历了。我听了，赶紧用相机去拍云海，站在万山之巅，一抬头，一转身，到处都是画一样的场景。

余味悠长

简单吃了早餐，导游过来呼唤大家出发。路上，过海心亭、天海、鳌鱼峰，来到莲花峰下，游客挺多。到达玉屏楼景区，看到迎客松，大家兴奋地拍了许多照片。如何来到已记不清，仿佛长了翅膀，飞来一般。我们远远地看到了天都峰，望见陡窄的山路上，游客如蚂蚁一般渺小，而莲花峰上的行人也如小人国一般，让人可望而不可即。

因昨日上山的匆忙与劳累，下山时，我和几个同伴，经好汉坡，在玉屏索道乘坐索道下山。

坐在索道缆车里，在深深大山中，滑下山去，那山的壮美，谷的秀丽，尽展眼前，让人好不快乐。我掏出相机，拍了些视频，不知不觉，便飞下山去。经慈心阁，过上山公路，沿着曲折台阶，穿青青竹林，在温泉宾馆与导游会合。有车来接，我们去茶室品茶后才回到宾馆。

吃饭，领包裹，坐大巴，一路欢声笑语，告别千里青山，到达合肥火车站。

第二天早上 8 点到达郑州，坐上空调商务车，我们一行人 10 点回到家中。

此次黄山行，实现了耽搁几年之久的远行梦想，一路热闹，好友相伴，后来回味仍觉得意趣满怀，好不快哉！

黄山山之壮美，刚毅，奇松秀竹之密集翠绿，似千里画廊印在心中，久久难忘。

黄山，从南大门到白鹅岭，一路秀丽壮观，从光明顶到莲花峰，一路险峰豪迈，站在光明顶，千山万壑看不见尽头，山峰之大之多无人能说清。

山上松树随处可见，不但松树多，且多长在奇险处，叫人想象不出它们在那高而无土的山缝中云天间如何生存。山上松树多，毛竹也多，一根根翠竹，把大山染绿，把游人心眼装满绿色。入得山中，处处美景，鸟虫合鸣，怪异动听，曲折山路或掩映在绿树中，或倒挂在天宇上，如一线天叫人望尘莫及。莲花峰直陡陡叫人生畏，天都峰，行人如上下天梯。千山万壑间，总有云雾淡淡相伴，望不到尽头。

在山中，不知山有多大，不知如何走出去。出得大山，又感觉大山如宝库，回首深不可测。高高的峰如画，深深的谷无边。坐车离开，山如千里画屏相送，密密的绿树在山上如千万不舍的手向我们挥别。让人觉得这里的山真高，这里的山真大，这里的山真多，这里的山真长，这里的山真秀美，这里的山真奇特，这里的山真雄壮！这里的山如画绵延到我们那想留住美好的心怀里，让我们久久难忘，久久回味。袅袅余韵，如梦幻般让人沉醉！

第四辑　行走，让生命一路芬芳

带着一颗欣赏的心出发，寻常的日子也能写上飞扬的诗歌。行走，让生命一路芬芳。

雨雾云台行

总喜欢生活如诗如画。旅游便成了我实现梦想的途径之一。

秋末登云台，想必是一件赏心悦目的事情。

去时天阴着，因此一天里云台山都如娇羞的女子，以雾作纱蒙面，给人一种朦朦胧胧的美感。

一进山，我便被云台山的气势给震撼住了。好巍峨的山啊！虽说雾气迷蒙，但仰头观山，仍能感受到它的巍巍高大与绵绵深厚。左一面，右一面，云台山总是以一种左右开门的状态来迎接客人。一层山过去，又一层山移来，有时层层相迎，让人明白"层峦叠嶂"的真正含义。天阴着，那山在灰天下云雾中暗暗的，有点绿有点黑有点深沉，总是那么高，总是那么热情以左右列队的气势来欢迎我们的探访。

有时以为进到大山深处了，可一抬头，眼前仍是山。而且仰头看天时，发现山头印在天上，仿佛一片灰云。有好几次，我都在抬头时误把雾中朦胧山头当作天空中的云朵，不由发出好深的山啊的感慨，也终于明白为什么此山叫作云台山。那山头高耸入云，猛一看时真仿佛天上推翻下来的大平台。身在山中，被山包围，想看天得仰面直视。置身山中，被山环绕，觉得如在母亲慈爱的怀抱中。

山的高，山的大，让我想起许多平日在课本里学到的词语，也让我深深明白，大山的怀抱有多么博大。

云台山，是一座巍峨的山，我从心底里敬仰它。

云台山，又是一座诗意的山。

山上到处是绿树，虽说天空阴郁，但仍能感受到满山的苍翠。横着的竖着的高的低的，到处都是绿色。绿树不大，但处处给人以诗意的慰藉。即使在绝崖，也常常有绿树的点缀。只要有山，就有树。树不高，但枝叶繁茂，即使高高的山尖，也有绿树相拥相伴。雾中大山朦胧，但抬起头，仍能感到高入云的山顶，绿树装扮了大山的边沿，毛茸茸，仿佛给大山点缀了一层花边。云台山的山总是一层叠着一层，这样山上的树也是一重套着一重。到处都是绿，绿得滋润，绿得深厚，绿得灿然，绿得云台山到处都充满了诗情画意。

云台山是灵秀的山。

厚重的大山，绵延的绿树，仿佛为我们营造了一座巍巍秀美的宫殿。置身其中，更让我们陶醉的是山中的水。仿佛琼浆从天而降，又似江南小溪移至北方。云台山的瀑布无比清澈，从山顶降下时如白玉练带，在山中流动时又如翡翠泠泠作响。那水是如此地秀美！绿着，让人心旷神怡，流着，让人心生无限意趣。柳宗元的《小石潭记》中曾记潭底小鱼历历在目，云台山的水清得比小石潭更美，漓江的水能看清江底的沙石，云台山的水比漓江的水更清。除了水清鱼儿游得自在，潭水绿得更让人难以忘记。曾见过彩页上的水，以为那是制作出来的绿，走近了才知道原来那绿那诗意旺旺的绿，一点都没有夸张，那是怎样的一种绿啊！

如玉一样光滑，如草一样鲜润，比绿叶更深，那是比梅雨潭的绿更甚的绿，那绿那水那美真的无法形容，真的让人忘记迈动双足。

碧水白波，云台山蕴藏着一山的灵秀。

潭瀑峡，泉瀑峡，红石峡，一处处美景让人沉醉不知归路。小潭，泉瀑，小溪，一个个灵动的仿佛大山含情留客的眼睛。如果说大山是俊秀的男子，那么溪水便是多姿多彩的灵秀女子。大山如玉树临风，云台水便如女子舞动裙袂秀丽妩媚。

走在山中，听泉瀑溪水泠泠作响，真仿佛走在人间天堂。如果说云台的山把男人的魁伟表现得淋漓尽致，那么云台的水便聚足了一个女子的灵秀妩媚。云台山集男人的力量与女子的秀美于一身，让走近的人怎么也忘不掉那山那水那泉那瀑那树那美好的一切。

如果说雾中云台朦胧如诗，那么，小雨中它便是一首歌了。下午时雾气更大，天空下起了淅淅小雨，云台山的树被小雨洗刷，更显青葱，水更秀、山更壮。

红石、绿水、白瀑、青树，云台山啊，你真不愧是一道视觉大餐！让来游山的人迈不动回去的脚步，让要离开的人恋恋不舍频频回首。

那山那水那树那泉那瀑，仿佛一场电影，移步换景，都已锁在心中。

好美的云台！

雨雾游云台，久久难忘。

寻花闻香再去探牡丹

阳春三月赏花正当时，朋友相约一起去洛阳看牡丹。对于我而言，已不是初次探访，所以我心里早有牡丹的影子，一路上，树叶流转的新绿，麦田泛出的浓青，梧桐花绽开的淡紫，我都不太往心上去。因为，我知道，今天我要探访的是一位花中之王。它的美丽芳姿将让所有的景色黯然逊色。

司机不太熟悉路线，到达洛阳已经中午12点了，车上的游人仿佛等待太久，对司机充满了怨言。好在寻寻觅觅终于找到了我们的目的地——隋唐城遗址植物园。

我们从西大门进入，一入园，一车人便分散融化一般不见了影子。大概牡丹的美迅速吸引了他们的目光，让他们迷失在植物园的角角落落了吧。

我和两个女伴，沿着植物园洁净的通道移步赏花。刚开始有点失望，路两旁的牡丹花，只是零零星星，这儿一小片，那儿一小片。不如我第一次去国花牡丹园，一进去，满园飘香，满眼牡丹花。这情景让我的内心有点失落。然而，未走多久，就发现路两旁的牡丹园一片比一片大，一片也更比一片美。牡丹花渐渐变多，我心中的失落渐渐隐去。我和同伴忍不住掏出手机开始拍照。

也许这是植物园的设计者精心布置的吧，开始是极少的一小片牡丹花点缀在通道两侧，往里走，路两旁的牡丹花丛面积渐渐大起来，再向前，路两旁的牡丹花丛已经成片成园。仿佛宾馆门口的礼仪美女，排成一队，越来越多，慢慢引导着我们兴奋向前。也仿佛要把宝贝藏在最深处，一点点向我们显现，让我们一点点兴奋，心中充满越来越多的好奇，不知不觉已来到牡丹花深处。

就这样，我们一路兴奋，来到了植物园中的千姿牡丹园。

一园一园的牡丹花大大方方地展现在我们的眼前。淡白的滋润，玫红的娇艳，紫红的端庄，浅粉的新美，碗盘一样的大花朵，千折万叠一样的大花瓣，华丽尊贵，让我们喜不自禁地赞叹着它的美。

总想与最美的花儿拍照合影，我和同伴想方设法挤在花丛中，摆出各种姿势，心里一遍一遍赞叹牡丹花的美，时不时来一下深呼吸，因为牡丹园的空气别样香甜。

在牡丹园，我们的眼中唯有牡丹了。牡丹花的美让我们忘记一切，家在哪，怎么来，还要不要回去，都不再有概念。我们忘情地欣赏着牡丹花的美，它的色泽让我们心眼迷乱，它的芳姿让我们一遍遍感叹，它的香味让我们一次次陶醉。在牡丹园，我们只看到一些爱花的小孩子一般童真的年轻年老的人，纵使不爱表达的人，也忍不住要说声真美，真好！除了这简短的赞叹，每个人心里流转的是比花香还甜还美的心绪与感觉。

我们三个人不停地拍照，仿佛谁也怕自己没有与牡丹一起美，各种姿势，拥花，闻花，捧花，醉花，痴花，与花儿已经融成不可分割的一部分。

也不知用手机拍了多少张照片，每个人的手机，电量都在渐渐减少。真后悔没有把充好电的相机带过来。时间像电量一样渐渐减少，我的脚都有了累的感觉，才坐在植物园的长椅上休息。

欣赏着园中的花色，享用从家里带来的午餐。我们三个人，心里美滋滋的。

放眼望，身边全是牡丹花，这一园紫红，那一园深红，这一园淡白，那一园浅粉，姹紫嫣红，美不胜收。说洛阳牡丹甲天下，一点都不错。午后，牡丹花安安静静地在阳光下绽放，不知名的鸟飞跃在路两旁的树叶间鸣叫。花的静美与鸟的啼鸣天然成趣，形成一幅有声有色的鸟语花香图，流转在眼前，铺展在心中。

美好的时光总是过得特别快，不知不觉，时间已经过去了许多。3点多，我们按照导游的约定准备去博物馆。恋恋不舍走出了千姿牡丹园。原来，千姿牡丹园只是隋唐植物园的一个园而已。偌大的植物园，似乎没有尽头，一路上，树叶儿青葱，偶尔有牡丹花沿路相伴。渐渐地，路旁有淙淙流水相随，仿佛提醒我们，隋唐植物园，有牡丹的华美，更有无数青葱植物，风情万种，也是不可忽略的风景。

喜悦惬意中，沿着植物园的大道，我们走向北大门。因为出来就不能再进园了，要出去的时候，我特意回首望了一下，园中青青葱葱，满眼芳华，植物的新绿与我们心中的欢喜融成一片忘不掉的美好，真让我有点恋恋不舍。

在博物馆的王秀牡丹艺术馆，我们看到了更美的牡丹，这是美术大师王秀把牡丹花移到心灵又移出来放在画卷上。在千姿牡丹园未见到的绿牡丹、蓝牡丹、黄牡丹，在画幅中，我们都一一拜访，牡丹花的雍容华贵一览无余地跃进心中。

喜悦地合影，恋恋地告别，时间流逝，我们从博物馆返回去乘车。因为不熟悉路线，只好向北大门的门卫请求再次进园返回西大门去乘车。还好，交涉了一会儿，门卫默许，我们得以再次进入植物园。心里的喜悦再次涌起，一边快走，一边尽情欣赏园中的风景，安安静静的各种优质树种，营造出一片青葱美景，流水哗哗，夕阳斜照，满眼芳华，配着零星的点缀在路边的牡丹芳姿，一切都是这样的美好。再次入园，再次体味，仿佛有了额外收获，三个人心满意足。

　　寻花闻香植物园，满心灿烂。5点钟，坐大巴回去，一路上翻看手机相册，回味那牡丹，色彩是那么丰富，紫红，淡白，粉红，玫红，粉紫，淡粉，粉白，一大团一大团似仙女争着探头露脸，再看自己，置身花丛，满脸幸福，满心喜气，多么陶醉！回想这一日，仿佛去了一趟华丽无比的皇宫，正从一场雍容华丽的美梦中悠悠转来，一步步走向青绿淡紫的平凡里。不一样的是，我们拥有了永远抹不去的美好记忆。

　　阳春三月，蓝天丽日，与国色天香的牡丹花相伴一日，我们是这样欢喜，仿佛心里流转着说不完的幸福与惬意。

菊香

　　今秋来开封，只为赏菊。

　　第34届菊花文化节主会场在开封龙亭，于是，我们便来到了龙亭公园。

　　公园门口，有一个以"菊花"为主题的精美造型。我们从北门进入公园。迎面就是用菊花摆放出来的各种图案。向前走，路的两边，摆放着无数盆的白菊花。白菊花开得非常精致，仿佛雕刻出来一般，一朵朵那么整齐。我蹲下身子去闻那花的香气，很好闻，淡淡的香，幽幽释放，有一丝丝苦的味道，却更让人难忘。

　　向里走，就看到许多黄色的小菊花摆成的大盆景，一只是凤凰，一条是大龙，造型逼真，有模有样。再向里，一群粉紫色的小菊花和一群金红色的小菊花摆成了花的河流，花河上，几条鱼的造型栩栩如生。龙亭公园，本就树木茂盛，金瓦古墙，现在，遍地菊花，姹紫嫣红，更是美不胜收。

　　呀，前面分明就是菊花的海洋了。黄色的菊花一盆盆组成水波，金红色的菊花又堆成一条水波，粉紫色的菊花也堆出一条波纹。中间，玫红色、金黄色的菊花装点成花球，或者装扮成花架，一层层花，如涌起的一道道波浪，蜿蜒成花的彩色河流。几只小花鹿嬉戏其间，周围古柏环绕，美人蕉丛生，漂亮的小鹿仿佛在花海中饮水，意趣无限。

沿着花海向前，欣赏着公园角角落落的菊花，不久就来到了龙亭。沿着台阶向上，站在龙亭的高处，整个公园一览无余。各种菊花造型尽收眼底，花瓶，花带，花壶，花河，花廊，叫人留恋驻足。

去亭下的两个方形花廊赏菊。呀，一盆盆菊花摆放在花架上，如一个个小仙女，美丽端庄，又不失活泼。黄的如透亮的玉，有的花瓣稍宽，抱成花团，有的花瓣如丝，散开如线。白色的菊花如画，外面一层花瓣最长，越向上，花瓣越小，层次感特别强，如画家工笔细描出来一样。粉紫的花瓣上面是粉的，下面是粉白的，一片花瓣两种颜色。最叫人喜欢的是那朵浅绿的，以前从未见过，现在看见，忍不住喜欢，喜欢那花的色彩，娇嫩的黄绿，花瓣一瓣瓣伸出来如丝，却在顶端卷曲勾回来向着花心缠绵，无论是花形还是花色，都叫我在心里禁不住地喜欢。

赏完了盆中单朵的菊花，来赏盆中如捧的菊花。

一个花盆只有一朵的花，花朵都非常大。一个花盆有无数朵的花，花往往没有那么大，或者如乒乓球一样，或者如小金币一样。如球的花往往开得没那么密，但是，一朵朵花如小球一样，均匀地开在枝叶上，特别工整，特别规矩，很有意趣。有浅玫红色的，有金黄色的，有淡白色的，上面还神奇地透着一点别样的青色，都叫我禁不住地欢喜。如金币一样的菊花往往开得特别密，一朵挨着一朵，密密麻麻。这样的花放在花盆里都是一捧一捧的，颜色都很可人。有粉白色的，奶白色的，金黄色的，粉红色的。更奇特的是，竟然还有开在一株上的彩色花朵，花瓣五颜六色，叫人惊叹大自然的奇妙！

在花廊前留恋拍照，再向前，来到龙亭的两湖之间。中间的路被布置成一个长长的花廊，有各种花架，长长的菊梗垂下来，只是花还没开，布置也还没结束。花开的时候，走在这个长长的花廊上，想必更有一番赏菊的雅致心情。杨家湖与鄱家湖上，各有一条用菊花做出来的船舶造型，浮在水上，只能远观。一路向前，菊花随处陪伴，有小金菊做成的各种大花球，也有各种造型别致的花架、花带。我们随意流连花间，公园里处处菊花，各种色彩，应有尽有。我常常蹲下身子去闻花香。大部分的菊香有丝丝苦味。有一种浅粉色的小菊花，香气浓郁，香甜醉人。若遇上此花，我总爱凑上去，使劲去呼吸花香。这样走了一圈，我觉得公园里处处菊花，而我心里，满满都是菊香了。

晚上回家来，觉得梦里也飘着菊香。

秋日赏菊，心情如菊。觉得菊是花中君子，花形美丽，色彩缤纷，尽情绽放，却香气隐藏。更可贵的是菊花不但养人眼目，还能泡茶，真是养心宜人。低调却极尽奢华，这就是菊花。

含英咀华满心香

秋日来开封，本为赏花。

没想到，赏花之后，时间还早，就来到了清明上河园。

游园很随意，然而游园之后心里涌进的收获，却述说不尽。

这是一座以北宋画家张择端的《清明上河图》为蓝本建造出来的主题文化公园，是《清明上河图》的实景再现。进入园中，会看到一堵石墙，石墙上正是《清明上河图》的石刻，跟着导游听他讲解图上的人物故事，饶有趣味，长长的画卷，从头到尾，画尽了大宋的繁华与精彩。亭台楼阁，酒楼茶肆，人物船只，小商小贩，形态逼真，叫人难忘。向里走，来到公园的平面图前，导游给我们讲解园内布置，图上有一句话印象特别深刻——一朝步入画卷，一日梦回千年。真的是这样吗？

导游让我们随意游园。沿着园中通道，我们向前去。

不久就来到了勾栏瓦肆，正赶上高跷表演。一群彩装古衣的男女踩着高跷进入勾栏之中，列队表演，有音乐有情节，不断变换队形，动作利落娴熟，一下子激起我们游园的兴致。看完高跷表演，向里走，在路上遇见包公巡河断案，有声有色的表演，仿佛真景一般。园里到处都是宋时建筑，灰墙黑瓦，古色古香。也有茅草屋的磨坊，游人可以进去推磨感受宋时的生活。在水边，我们看到了几个大水车，有水拨动，水车带水旋转，游客好奇地上去踩踏水车，充满意趣。在街市里，游兴正浓，忽然一阵唢呐声响起，回头看，一群古装男女身着喜袍娶亲来了，在王员外家的小楼前停下来，被里面出来的家人迎入楼中。之后，在三楼的楼栏外，我们便听到了音乐里叙述的故事。随着剧情的发展，目睹了王小姐抛绣球招亲的全过程。一游客被选中上楼成亲，有模有样，身着红袍，喜气洋洋。

自走进园中，便仿佛踏进了张择端的画卷，真有了梦回大宋的恍惚。

更有趣的是，当我们行到校场时，正赶上岳飞枪挑小梁王的表演。一个个演员，身着战袍，手执利刃，在校场内策马奔驰，马蹄声声，演员们厮杀拼打，技艺高超，加上精湛的配乐，岳飞忠心的报国情怀，让我们感到非常震撼。觉得来游园，真是不虚此行！

离开校场，我们向前去，来到虹桥，长长的拱桥仿佛一道长虹逶迤在静静的水上，桥洞倒映在水中，水上仿佛有了圆圆的满月。走上桥去，欣赏水中游鱼，或抬头遥望远处风景，心情悠然自得。站在桥上，向园内望，波光水影，垂柳依依，亭台楼阁，金瓦红墙，富丽辉煌。

沿着长长的走廊，我们走向宣德殿、宣和殿。宽阔的水域上，有表演的各种设施，大概这就是导游介绍的东京梦华表演区了。从河水对面观礼台上摆放着的那么多座位和随处可见的豪华灯设，可以感受到夜间的表演会有让人十分震撼的场景，水中长长的舞台，方形的莲花，以及大型古船可以看出来表演的豪华，及至走上宣和殿，仍然能看到不同角度的灯光布置。在金瓦红墙的宣德殿里，我们看到了编钟现场的陈设，以及正待演出的皮影表演，因为时间关系，我们没有观看演出。走出表演区的时候，觉得仿佛从繁华的宋王朝走了出来。回想那句"一朝步入画卷，一日梦回千年"，我的心里有了更加真切的体验，如此评价，真是名副其实！

自从踏入清明上河园，我们就仿佛穿越到了古代，园里所有的工作人员全部是宋时古装，街上卖东西的小贩，路上拉游客的马车车夫，全部是宋代装扮，街道是宋时的样式，宫殿是宋时的样式，"一朝步入画卷，一日梦回千年"，怀着一种无限的留恋，我们走出清明上河园。仿佛从一个美梦中醒来，心里满是古时文化的美好，大宋的繁华，街市的热闹，廊桥流水，一个个精彩的实景表演，像一卷长长的画轴嵌在了心坎。

随意游园，没想到，园中真情真景让人那么震撼。怀着满满的感动我们回到了家。

第二天，我在网上搜了一下，《大宋·东京梦华》的表演视频一下子就出现在眼前，呀，一首首精美的宋词，一场场美艳之极的表演，一幕幕豪华的场景，一束束打破了长长黑夜的灯光，让我再一次梦回大宋的繁华。

这才是真正的国学精华！古文化的盛典！我们河南人的骄傲！

一朝步入画卷，一日梦回千年！在园中移步换景，美不胜收。走出园外，心中留下千年文化的润泽，闲来想起，就觉得美轮美奂，觉得含英咀华满心香，想再次踏入画卷去感受那时的美好与繁华。

在海边我常常醉着

　　每次去银滩度假回来，我的心好久都会欢乐不止。因为大海的浩荡壮阔与海边生活的种种新奇感受如一幅幅画卷在我的内心里一次次出现。我不能忘怀那种大气美好无限宽阔的海边生活场景。一次次陶醉，一次次想念，一次次想再叙说一遍。

　　今年去银滩海边，因为鼻子刚做了手术，没敢去海里游泳，但是对海的爱恋一点都没有减少。虽然十来天的时间里，一多半的时间都在下雨，但是一点都没有影响我对大海的深情。

　　雨天的日子，我就坐在家里的大床上，看落地窗外的山，看山前的海，一点都不觉得郁闷。

　　天晴的时候，我就带着儿子的小狗金毛去海边沙滩。

　　我特喜欢这活动，赤足走在海边，追着退潮的海水一步步感受沙滩鱼鳞似的波纹按摩足底的舒服，真是特别享受。大海就在眼前，一望无际，海潮就在眼前，一层层浪花缓缓退去，大片的沙滩像印着水波裸露出来。听着水声，迈着悠闲的步子，看海鸥低低盘旋，或落在沙滩上，发现许多小海螺在沙滩上成群出现，我心情愉悦惊喜连连。偶尔抬头，发现天空浓云密布，或一点点散开，然后变幻色彩、变幻形状、变幻层次、变幻速度、任意奔突、恣意东西、或聚或散、悠然大气、恍然如梦。会觉得自己被深深感染，忘记一切红尘俗事。如一个好奇的孩子，心怀博大，满心喜悦。

如果目睹了头顶的云瞬间变幻的场景，真会陶醉得一塌糊涂。因为这时候的内心也像变幻的电影被深深打动。

海上的云不同于平原地区，那云朵哪怕是灰色的都特别绵软。一层层铺开，或者相聚之后又被风吹散，就像一群赶集的孩子，嬉戏打闹，你推我拥。一会儿奔去，一会儿飞来，它们低低地在海的上方集聚变幻。让人目不暇接，深深迷恋。

回来的前一天傍晚，雨停了，浓云中露出一片蓝绿色的天空。没多久，更多的蓝绿色露出来。我到海边的沙滩上去，海上的云由灰变白，色彩丰富，蓝灰、灰白、蓝白、金红、金黄、葡萄紫，一片片，一群群，变幻拉伸。一会儿太阳又从西边金晃晃地照在沙滩上。整个沙滩，大海，天空构成一种极怪异又和谐的画幅。沙滩上也映出丰富的光彩来，海潮声声涌动。我在天与海，云与沙滩之间，忘记自己，忘记一切，深深沉醉。

天、地、海、云朵变幻的美好真是言说不尽！

晴天时，海上的云特别有层次感。一朵朵白云一层层漂浮在海上，层层推进，海与天就成了变幻的动漫。我在家里的阳台上远远地欣赏着陶醉着，心里总是由衷地感谢上苍，给我们造了这样大美的世界。

中午的时候，去海鲜市场上买些大虾、牡蛎回家来做好，品尝着大海真正的味道，我会再一次从心里陶醉。这海边的生活，实在不同于中原的家乡。这里空气纯净，云朵绵软，大海中有数不尽的海产。那些鲜美的虾蟹，每次回去的时候，我都会很想念。

回到家乡，我会深深地再想起，再留恋。我会想起冒雨骑着自行车去集市赶集的那种愉悦。那么多特产，车篮子总是被装得满满的，车把上也挂着许多。除了海鲜，花生、红薯、玉米也都别具特色，叫人欢喜。在海边，每一天的生活都那么欢乐，海风阵阵，吹着时时陶醉的心。在那片广阔的天地里，大海滋养着我的心灵，云朵装扮着我的梦想，空气洁净着我的肺腑。我是真的常常陶醉着，我真喜欢海边的生活！

今年去海边，儿子和同学开车带着我和小狗金毛。我们还去了一趟大乳山滨海风景区，去了白浪湾，去大拇指开了网线，去文化园附近的集市购物。有两个男子汉在身边，我的心里暖暖的，幸福又踏实。

有时候，牵着小狗金毛去沙滩上玩，小狗会在沙滩上快速地刨出一个沙坑躺进去。仿佛一个可爱有趣的小婴儿，给我的生活增添了更多的欢乐。

回来的前一天晚上，小区里还举行了消夏晚会。人们声情并茂，小品、独唱、萨克斯演奏、太极表演、水兵舞、大合唱都给我留下了难以忘怀的印象。

回来一周了，我的内心还是欢乐得如潮水般激荡。喜欢那片海，喜欢那里别样的海边生活！

五月黛眉

　　五月的黛眉山有多美呢?

　　进得山来，我们便被路边的粉色蔷薇花吸引住了。如果说，路边只是一丛或者一片也就罢了，乘坐景区公交车上山去的时候，沿途有许多这样的蔷薇花，心里便忍不住地欢喜起来。

　　真好啊!我们又在山里了。

　　出发前，我还犹豫着在心中问自己，爬山会很累，你要不要去爬山?来到山中，一切担忧都成了多余。心中的欢喜，波涛汹涌。什么困难都退到了脑后。

　　路旁的小花越来越多。蔷薇花已经换成了说不出名字的非常漂亮的小白花、小黄花。一丛丛一片片，特别秀气，都是平时没见过的花朵。山上的树也越来越多，有的树开了一树白花，看起来挺漂亮。

　　山坡上，时不时涌出一些花簇。原来，这里是云顶花园。我们的景区公交车，环山而上。这一丛一丛的花朵像欢迎我们的到来。

　　下了景区公交车。我们去山中赏景。沿途，绿树繁茂、山峰叠翠。

　　资料上说，黛眉山是一个地质画廊。这话真不错!

黛眉山的山石，许多地方纹理平行，一层叠着一层。红色的岩石，层层叠放，有的地方直上直下，是真正的悬崖绝壁。绝壁之上，峰峦常常被绿树青葱装点。远远望去，绿树与红石在蓝天下相映相衬，格外漂亮！

最奇特的是草原神门这个地方，有一条狭窄的山中通道，就是人们说的一线天。直陡陡的山崖中间夹着一百多个台阶。

沿着台阶上去，像走在地球裂缝里。因为太阳很少照进来，山石凉凉的。抬头望，能看到窄窄的一片天空。更有意思的是，过了一线天，就是玻璃栈道。透过玻璃向下看，可以看到一线天里面游客们小小的身影一个挨着一个正用力向上攀登。

玻璃栈道修在悬崖绝壁上，长400多米，海拔1300米，接近山顶。沿着红石山体，曲曲折折，高高低低向上去，我们一边感受着在玻璃栈道上游玩的新奇，一边极目远眺，看群峰争秀，大山气象万千。清风徐徐，白云悠悠。我们心旷神怡。

我们欣赏的是黛眉山西区的风景。坐着景区公交车来到山上，等于来到山顶在云顶漫步。走过草原神门、玻璃栈道，不久我们便来到了云顶草原。

这里杂树丛生，如原始森林。漫步在树下，清凉舒服。

一边感受山顶树木的青葱繁茂，一边欣赏路边的草甸。时不时有许多花出现在路边。我打开手机上的"花伴侣"去搜索了一下，原来那黄色的香喷喷的花朵是带刺的黄玫。香甜的气息招来了很多蜜蜂，我忍不住去嗅花香，那气息让人美滋滋地陶醉。

在树荫下，走走歇歇，拍拍风景赏赏花。感受满山浓绿，心中满心欢喜。

也不知道走了多久，我们来到了网红秋千打卡地。看到许多游客围着秋千在尖叫，我们也凑上去看热闹。

原来悬崖峭壁上面固定了几个非常大的铁架子，有游客正坐在秋千上荡到空中去，而下面就是万丈深渊。秋千上的游客每荡出去一次，周围的游客就夸张地尖叫一次。一次又一次的尖叫声仿佛宣告着人们挑战大山的勇气，给大山增添了无边欢乐。

离网红秋千不远，有一个大型的悬空玻璃平台。这平台用白色钢架从山下架到山上来，据说有千米之高，仿佛大山在山顶上伸出去了一只纤纤玉手，光洁明亮。人们可以到平台上去全方位地观看不远处的黄河风景。

沿着悬崖峭壁上的空中栈道，我们走向玻璃平台。

真漂亮啊！

在巍巍的大山中，竟然有这样一个光亮透明的悬空大玻璃平台，可以全方位地欣赏山中风景。大山巍巍、河水悠悠，蓝天丽日下，一切是这样美。我们在玻璃平台上欣赏黄河东流，看大山峰峦相拥，感觉真是新奇！

在平台上拍照，意境也相当优美。蓝天倒映在平台上，白云倒映在平台上，人影倒映在平台上。我们仿佛置身于一个冰清玉洁的湖面上。

离开玻璃平台向上就来到了黛眉极顶，万绿丛中有一座楼阁叫思乡阁，可以鸟瞰山下风景。

在这里远望，可以看到玻璃平台已经在视线里变成了一个小小的光洁透亮的勺子。网红秋千，则变成了一个小小的玩具，放在悬崖峭壁上。

漫山遍野的绿树，层层相拥的山峰，碧水长流的黄河，如画卷般空旷而美好。

从云顶草原回去的时候，草场中遍地都是蒲公英的白色花球。黄玫和白色的流苏树时不时点缀在草原上，漫山遍野空气都是香的。

我一次又一次深深地呼吸着山中的气息。黛眉山的美，真是言说不尽。唯有用心来体会，才会不负她的美。她的花、她的石、她的峰峦、她的浓荫、她的玻璃栈道、她的玻璃平台、她的山顶花园和草场，都让我欢喜、让我陶醉。

黛眉山真是一座秀美的山，一座有着无限意趣的山，一座花香四溢的山！

我，喜欢五月的黛眉山。

第五辑　天涯海角我的爱

出发，去看亲爱的孩子，我们相会在海南。

只要你愿意，哪里都有一片蔚蓝的天。

向往一座城

都说爱上一座城，缘起一个人。我想去三亚是因为儿子。

儿子高考成绩出来不太理想，拒绝复习，填报志愿想去三亚。我极力阻拦，他义无反顾，背上背包，拉上箱包，一个人从省城出发去了三亚。

多少次担忧，多少次牵挂，怕他离家远怕他受不了那份热，反复追问，儿子总说不后悔。眨眼大四，明年即将大学毕业。我想去三亚看看。和儿子联系，儿子说，妈，要不你现在来吧。周二下午说起，周三就给我们买了机票，安排好了一切。就这样周四晚上我和老公落地三亚。

儿子和他的两个室友开车来接我们，把我们安排在学校附近的万科森林度假公园。周五早上，睁开眼，拉开窗帘，我就看到了满眼绿色，热带的花草果然青葱繁茂。

三亚，我们来了。

来到了呀诺达雨林文化园

早上醒来,拉开窗帘,眼前出现一片开花的绿植,以为是酒店布置在房顶的假花。仔细瞧了,才知道是真的。青青藤蔓铺满了酒店的中央厅房,还有一些玫红色的小花朵点缀其间。站在居室的阳台上赏花,欣赏周围景色,感觉酒店安居青山旁边非常气派。酒店内,植被葱绿像植物花园。洗漱之后和老公一起下楼去酒店院内溜达。哎,终于看到了椰子树,一阵兴奋。这是在电视上看到,家乡却没有的树种。多次叫儿子在树下拍照发图,儿子却总是轻描淡写,现在一切尽在眼前。

不只是椰子树吸引了我的视线,酒店院内的一切都吸引了我。刚从初冬的北方飞来,从落叶飘飞的北方飞来,这里树木青青,那种北方春天都少有的青葱植物都吸引了我。

初到的兴奋快乐着我的内心,拿出手机,这儿拍一下,那儿照一下,全是欣喜。

陶醉之际,儿子打电话问我在哪个位置,说开车来接,今天我们要去呀诺达雨林文化园。

回客房收拾行李,儿子说晚上我们要住在别处了。下楼来,又看到了昨天晚上和儿子一起去机场接我们的两个小伙伴,他的亲密室友,一个寡言帅气,另一个言谈贴心,我叫他暖男,昨天晚上反复叮嘱我们去呀诺达要多带一套衣服,因为我们踏瀑戏水之后要冲澡换衣。

开车出发,一路翠色欲流。椰子树,银海枣,一棵棵列队路旁。我好奇地询问各种树的名字。极目望去,到处青青葱葱,山是绿的,树是绿的,比起家乡春夏的那种深绿,这里的绿让人觉得格外轻松、格外舒服。山也不高,但是此起彼伏,植被茂密,青葱可人,让人目不暇接。

好像走了很远的路程,还上了高速,不管走到哪里,周围全是青葱可人的绿色。这些热带雨林仿佛生命力特别旺盛,长满了大地的角角落落。很多树种,儿子和他的同学们在这里生活了三年也不认识。

在呀诺达雨林文化园门口停车,儿子去买了全票,每张竟然368元。在大厅排队领取踏瀑戏水的用品,一双草鞋,一顶防水帽。

呀诺达雨林文化园是位于北纬18度的热带雨林,园内植被茂密,长满了各种热带作物,椰子树、芭蕉树、狐尾椰、旅人蕉,太多的树叫不上名字,挤挤挨挨长满了园内的山坡、低谷。园内到处都是浓荫。天也作美,多云天气,随行的暖男帅哥都说我们运气不错,遇上了出行的适宜天气。否则刚从北方的冬季飞来,太阳直辣辣照在皮肤上会受不了。

换上草鞋,戴好防水帽,我们跟着临时分配的带队教练去踏瀑戏水,儿子的两个小伙伴已玩过多次,在木栈道上随行为我们拍照摄像。儿子专门陪我们再次玩踏瀑戏水。有三个小伙子护航,我和老公心里暖暖的都很幸福。

坐着电瓶车一行人来到梦幻谷。进入梦幻谷,沿着山石溪水上行不久,青青葱葱的浓荫下,一潭溪水出现在眼前,领队组织大家开始体验踏瀑戏水了,第一个项目是拉着吊绳荡过水潭,再沿溪水上行。

一个个队员拉着吊绳荡过去,掉入水中湿了裤子,嬉笑着被教练拉出来再向上去,也有人轻松荡去落在浅水区,成功荡过水潭。儿子和老公都已过去,我拉着绳子却忽然心生恐惧,想退回去,却又不甘心,犹豫一响，还是荡出去落在水中。裤子湿了一大半，却无比开心，不再害怕，觉得蛮有趣！

沿着山间乱石向上，溪水淙淙。踩着溪中石块涉水向前，一个项目又一个项目出现在眼前。我们跟着队员向前去，或低身在网下弯腰爬过，或走在网上东摇西晃，一步步向前去，开心至极，无法形容。

有两个地方要从悬着的瀑布中拉着吊绳迎着瀑布向上，白花花的瀑水浇在身上，要快速踏稳一步步穿水而过，紧张刺激，却无比开心。儿子的两个小伙伴一路从步行栈道上相随拍照，一个在前方一个紧相随，我呢，不管是跌跌撞撞，还是摇摇晃晃，早已忘记了平日里矜持的形象。踏瀑戏水，勇往直前，确实能培养人们挑战困难的决心。

终于走出了踏瀑戏水的道路，无论是山间的大石块，还是各种不稳定的攀爬向上，都给我留下了难忘的记忆，让我有了言说不尽的兴奋和开心。

踏瀑戏水，我们一直走在山底。其实，沿溪而上有栈道，不想踏瀑，可以沿栈道向上。梦幻谷内，热带雨林青葱繁茂，遍地浓荫，山石堆叠，溪水淙淙。一边赏景，一边听水，一边看游人踏瀑嬉戏，也是一种清凉美好的享受。

结束游戏，领取衣物，冲澡换衣，去雨林自助餐厅吃饭。在绿意盎然的雨林文化餐厅里享受各种南国美食，真是惬意之极！

饭后随意游园，欣赏植物园里各种热带雨林，浓荫密布，虽然大都叫不上名字，但能感受到生命的蓬勃与美好。

三亚这块土地，仿佛专门为植物打造。无论走到哪里，山坡上都没有一处空地。各种植物青青葱葱，大叶的芭蕉，小叶的榕树，遍地丛生，随处都是生机盎然的浓绿。

乘电瓶车上山去坐索道，一路上，大家不时地向迎面而来的电瓶车司机和游客打着呀诺达雨林文化园里特有的手势，欢喜快乐至极。

要坐索道了，工作人员把安全绳给我们系好，凭着几根吊绳我们在索道上飞掠而过，飞鸟一般滑向山那边。青葱的植被一堆堆仿佛诗意的大棉被铺在大地上，把大地盖得严严实实，万绿丛中，纵身飞跃，心都是醉的。这种体验实在美好，我的内心仿佛铺展了一世界的幸福！

　　呀诺达，这个位于北纬18度的浓绿诗意的雨林文化园，真是一个让人难忘的植物大观园！

夜宿小渔村

从呀诺达出来，儿子的小伙伴开车送我们去蜈支洲岛附近的海边，明天我们要去蜈支洲岛上游玩，今天住在海边的渔村后海村。

住处是儿子的小伙伴联系好的，一幢五层高的海景小楼。我们住在二楼。窗外就是蓝色的大海，拉开窗帘，在屋内即可一览海景，从一楼阳台出去即达沙滩，可散步可捡贝壳，挺有意趣。

海水一波一波涌向沙滩，屋内海浪声声，开窗，海风阵阵，凉爽至极，小楼干干净净，有吊椅可坐上去，悠然往来，惬意享受。

晚饭在住处旁边的小饭店里解决，儿子点了几个菜，让我们体味渔家饮食。饭后上街走了一会儿，买回来一个黄色的椰子，我终于喝到了正宗的海南椰子汁，淡淡的甜，很合我的口味。

儿子的两个小伙伴陪我们游玩了一天，开车回学校休息，儿子留下来陪伴我们。海景小楼有个好听的名字：蓝色理想。玩了一天，安安静静享受海浪声声的独处时光，我的内心幸福安详！

晚上，风大浪大，海潮声声入梦，我半睡半醒，仿佛一直漂浮在一个幸福的梦中，已然不知身在何方！

上蜈支洲岛去

早饭后买了票坐上游艇上蜈支洲岛去游玩。

未达三亚，儿子和小伙伴们已经为我们设计好了游玩路线，所以到达三亚，一切皆听儿子安排。

这是一个完全远离大陆的小岛，是潜水欣赏海底生物的绝佳之地。我和老公不想潜水，儿子也不勉强。坐游艇二十来分钟的时间。远看小岛，树木茂盛，蓝色的海水包裹着小岛，仿佛一个大大的贝壳被海水包围。蓝天丽日下，显得非常漂亮。

上了岛，儿子去买了三张电瓶车票，这样我们便来到了"石"里长廊，坐上电瓶车环岛欣赏岛上美景。

电瓶车出发，即看到海边各种巨石姿态万千，嶙峋陡峭，直插海水之中。电瓶车在"石"里长廊里穿行。一边是大海，一边是山石。山上绿树丛生，有各种野果，电瓶车司机一边开车，一边为我们讲解。有时候，放慢速度让我们拍照。有时候，司机开着电瓶车在坡度很大的长廊里上下起伏，我们一边拍照，一边看大海和海边巨石，石白海蓝，乱石堆叠，很有气势！

在"石"里长廊里上下起伏，弯弯绕绕，仿佛行走在环岛的珠链上，而一个个景点则是这条珠链上闪闪发光的明珠。

每到一个景点，司机会提醒大家赏景。什么神龟探海、犀牛饮水，那些巨石探入山下海水中，神似之极。

在换车点，司机会再次提醒大家下去赏景。赏景之后，可以换车到下一个景点，票价不同，欣赏景点的数量也不相同。有的地方可下去，有的地方不能下去，司机会提醒大家。而下去之后，有工作人员在小景点验票。我们的电瓶车票价每张 120 元，有四个景点可看，一个是看海，一个是岛中的情人谷，一个是妈祖庙，一个是沙滩游玩。

先欣赏海景。在岛上远看，大海湛蓝无边，仿佛天底下只有大海和这座小岛。目之所及，晴天碧海、波光涌动，让人心旷神怡。

换车后继续在电瓶车上赏景，一边是灰白的山石，山上绿树青葱，一边是湛蓝的大海，无边无际。在电瓶车上随着山势起起伏伏。虽是中午，海风吹拂仿佛行在画卷中，惬意间来到了情人谷。

在情人谷下车，先阅读石碑上的传说。

很久很久以前，一个年轻人在海上打鱼，突遇风浪把船打翻，他漂到一座荒岛上。在岛上，他以打猎为生。一天，他到海边打鱼，忽然发现一位美丽的姑娘正在沙滩上拾贝。他到这里这么久从来没有发现过人，她是从哪里来的呢？这时姑娘也正望着他甜甜地笑呢！姑娘主动上前与他聊了起来。原来她是龙王的女儿，因为贪玩跑到岸边。两人聊得特别投缘，从那以后俩人约定每天在这里见面。日子一天天过去，俩人谁也离不开谁了，后来俩人就在一起生活了。白天一起打猎，夜晚一起在沙滩漫步，过着只羡鸳鸯不羡仙的生活。转眼一年过去了，小龙女想家了，可是她已经离不开小伙子了，但又怕父王知道此事后会怪罪。最后俩人商定，由小龙女回去把此事告诉龙王，请求他成全他们俩，三天后在他们最初见面的地方再重逢。自从姑娘走后，小伙子每天都站在那里盼她回来。三天很快过去了，小龙女还是没有回来。小伙子心急如焚，每天站在海边大声呼喊姑娘的名字。原来姑娘回去以后把她和小伙子的事情告诉了龙王，龙王大怒，下令把她关了起来，不准她再到人间。姑娘日夜思念小伙子，终于有一天趁看守不备跑了出来。龙王很快知道了，在后面紧追不放。眼看着这对痴情男女就要相拥了，在后面紧紧追赶的龙王大怒，大喊一声，用了一个定身术，将两人变成了两座大石头。千百年过去了，经历了潮起潮落洗礼的两座大石头，依然矗立在那里，静静相望，近在咫尺却远在天涯。后来，人们为了纪念这对痴情男女，把这里叫作"情人谷"。

好一个美丽的传说！沿着情人谷向上去，到处绿树青葱，草地也青青，许多情景美美的，特别适合拍照，尤其是婚纱照。自从迈步情人谷就觉得特别幸福，山青水蓝，可欣赏雨林，可遥望大海，可以在树下小憩，可以在林间散步，迈步在情人谷的雨林里，遍地青葱，无尽浪漫。

在情人谷玩够了，乘电瓶车向前环岛游，来到沙滩游玩区。只见游泳池内，蓝莹莹的水清澈透亮，旁边椰子树歪歪斜斜地长着，白色的花房与蓝色的大海都让人觉得特别纯洁美好。儿子说这里是电影《非诚勿扰》的拍摄地。我拍照欣赏，然后来到海边的蘑菇伞下，这里有面向大海赏景的木床，可半躺半坐欣赏大海的蔚蓝。

正午时分，碧海蓝天，云白水清，环小岛游玩一圈，在这里躺下来休息一下，真是最好的享受！

赤脚下沙滩去踏浪，再回来在伞下躺着休息，看风起云涌，在大海上方如仙女身着裙袂飞舞表演，天蓝海碧，天地的美好叫人陶醉至极，言说不尽。这里的海水层次感特别强，越往里去，颜色越深，从乳白、浅绿、淡蓝到深蓝，如梦如幻。而云朵无遮无拦在海那边天宇下，仿佛涌过来的云墙，一堆堆一团团，拉成诗意浪漫的帷幔。浅蓝的天空，深蓝的大海，白色的云幔，叫人有种从没有感觉过的舒展。闭目陶醉，时间过去很久，我的内心安然美好，如海上浮起的棉白云团！

老公和儿子也各自在蘑菇伞下休息，他们也和我一样，醉了吧！

离开蜈支洲岛的时候，我真有些不舍。深蓝的大海中，一个诗意纵横的小岛，仿佛一颗闪亮的明珠嵌进了我的记忆里。

坐上游艇离开，碧蓝的海水中，小岛越来越远，我久久凝望，想这世界有多少美好温润了我们的心怀！

夜游鹿回头

从蜈支洲岛回来，到小渔村的海景小楼去取了行李，打车去三亚湾的凤凰岛。儿子说，晚上我们要住在凤凰岛上的宾馆。

路上与开车的老司机闲聊，听他讲了许多我们不曾听过的三亚见闻，还说入住凤凰岛宾馆是身份的象征。我和老公云里雾里也不知道这地方有多好。

及至看到那几栋形状别致的高楼，我才明白，这宾馆真的挺豪华。办完入住手续，进入房间，打开房门，房内的豪华布置更让我感到这酒店的等级，还有儿子的良苦用心。

站在卧室外的阳台上极目远望，三亚湾那蓝蓝的海水波平如镜铺展在眼前，好安逸的三亚湾！向楼下望，院内植物丛绿，游泳池里的水蓝莹莹透亮，要怎么说呢，自从来到三亚，感觉到儿子总想把最好的东西让我们都一一体验。

傍晚时分，儿子的两个小伙伴开车从学校过来，还带来了一位女生——他们的副班长，三人要开车带我们一起去市里吃饭。儿子是班里的班长，常听儿子说起他的这些小伙伴，所以，未来之时，我已有印象。

车子及早出发，可到达夏威夷酒店时，门口还是排了好多人。要等的时间太长，只好另选其他地方。这样我们就来到了大菠萝这个地方吃烤鱼。两盘烤鱼吃完，已是黄昏。来时打车的老司机说在鹿回头公园看三亚市的夜景，非常漂亮，饭后，儿子和他的同学开车带我们去鹿回头欣赏夜景。

每人门票30元、电瓶车15元，六个人买了票坐车上山去。

在停车点下车，回头看，呀，真美！三亚市高高低低的楼盘，全部被灯光点亮，我们的眼前金灿灿、亮闪闪，星星点点的灯光汇成一个灿烂绚丽的灯的海洋。向山上走，赏夜景，我们住的凤凰岛宾馆那几栋高楼就在不远处。那楼上的灯光是变幻的，一会儿是红色，一会儿蓝色，一会儿又变成了透亮的绿色，一会儿五颜六色，灯光上下推送，来回变幻，色彩交织，闪烁明灭，漂亮至极。远处的大树楼，从蜈支洲岛过来时曾经见过，此时也闪烁着蓝绿红的色彩，一波又一波变幻着，像灯的魔幻世界。市内，三亚桥上的灯光波浪一样涌动。儿子和他的伙伴们一一指给我们，并做了解说。情人桥上更是灯火通明，色彩瞬间万变。

向山上走，看到了鹿回头的雕塑。问儿子这是啥意思，他的小伙伴抢答，等过几天看了《三亚千古情》就知道了，留个悬念吧。哈哈，这些孩子真顽皮！

山上到处都有灯光，山不高，但可以观赏三亚市夜景的辉煌。晚饭后在鹿回头公园，一边散步，一边赏景，几个人喁喁私语，如梦一样美好。

大小洞天和天涯海角

夜游鹿回头之后，儿子和小伙伴们把我们送到凤凰岛的住处，一起回学校去了。

我和老公夜宿凤凰岛。在楼下赏着夜景，看灯火灿烂的游船在凤凰岛旁边的三亚湾内慢慢移动，在游泳池旁边的椅子上吹着海风，很晚才上楼去休息。

早上起来，拉开窗帘，来到阳台上，就看到晨光中的三亚湾。海水湛蓝，平静美丽。我拍了视频发在微信朋友圈上留作纪念。凤凰岛还在建设中。儿子说，这个岛是填海造起来的人工岛，工地上工人走动，未造好的部分还在施工。酒店楼下，有椰子树，泳池清凌凌透亮，蓝得可人。

洗漱后到楼下去闲逛。儿子早早开车过来，带着昨晚的美女小伙伴，说今天陪我们去大小洞天和天涯海角游玩。

其实，去天涯海角是我的要求。看过呀诺达雨林，上过蜈支洲岛，儿子说你们还想到哪去看看，我第一个说的就是天涯海角。

来之前，从朋友的微信圈里看到天涯海角的图片，我就想，如果有一天我去了三亚，一定要到天涯海角去看看。

儿子的美女小伙伴说，天涯海角其实就是几块石头，附近还有一个景点是大小洞天，也挺不错。就这样，我们先来到了大小洞天。

因为下午儿子和他的小伙伴还要赶回学校照毕业照，所以，只有中午的时间可以游玩。而我们出发得有点晚，儿子连日劳累，我想让他多休息会儿，就说早上睡好再起来，这样出发时已经9点多。

到达大小洞天已经中午10点左右，买了票，坐上电瓶车，沿海赏景，到长寿老人景点下车。之后，徒步折回，沿海赏景。

古人云，福如东海长流水，寿比南山不老松。现在我们足踏南山，看到长寿老人在南山一隅，手执仙桃遥望一望无际的蓝色大海，长寿一定有其道理，心胸博大、境界之高一定无人能比。

沿途赏景，南山石壁上有一个头像石刻，刚才坐电瓶车经过时司机介绍说是老子，原来高人都有胸怀，在南山遥望大海，目光深邃，思绪也该诸多吧。

中午时分，天气特别晴朗，阳光直辣辣照下来，虽是11月，却一如北方的盛夏。好在天空浅蓝，大海湛蓝，白云悠然如棉花团，风景还是非常美的。环着南山，遥望大海，时而到礁石上体验浪花的激情，虽然天气炎热，海风阵阵，却也惬意。南山石白树青，大海蔚蓝无际，海边岩石堆叠，如石林画廊。行不远，向下去，来到海边的木栈道，周围树木茂盛，有了荫凉，在石林中漫步，才感觉更舒服。不久就来到了大小洞天的巨石前，原来石下有洞，洞口狭小，弯下身进去，里面终年晒不进阳光，所以特别凉爽。另一边可走出洞去，真可谓洞天福地。

因为时间紧张，没敢多逗留，沿原路返回，椰子树遍布周围。漫步椰林，吹着海风，到处绿意，蓝天碧海就在身边，草地青青，真是大美的天地！走累了在椰树下小憩，椰影投身，仰望天空，心如洁白的云团一样悠然快乐，如蓝色的海水一样诗意自在。

要赶时间，所以忍痛割爱，起身离开。蓝天碧海椰子林，都是我的最爱，挥手离去，却想以后有机会会再来，风景虽然简单，却是大美的色彩。

下一站是天涯海角，儿子开车，他的美女小伙伴作陪，我的心中充满感动，紧张的时间，儿子却争取让我们都看个遍。

在天涯海角景区门口买了票，匆匆下去，一下子就喜欢上了天涯海角路边的椰子林，整整齐齐，像列队欢迎我们的美女礼仪，向前望，一下子就能看到椰林那边的蓝色大海，好美的画面！

从椰林大道下去向右，走上沙滩，沿着大海我们去找天涯海角的石块留影。

走了很远才望见南天一柱，那个7米多高的大石头。拍了照，再向前，那么多人在沙滩上排队，果然是天涯。一块直立的绝壁，上书"天涯"，下写"海阔天空"几个红色大字，在蓝天碧海苍苍的巨石上特别显眼。

游人挤挤挨挨，排队留影，我们也不想留下遗憾，排了队，等得心急才拍了照片。

海角在哪？

向前去，海水中，石块堆叠，在最上面的石块上好遥远的地方，隐约看到"海角"两个字，大红的颜色已经有点暗淡，仿佛经历了太多的流年沧桑。是涨潮的时间，人们站在过膝的海水中，拥挤着拍照。看那阵势，我只好在远处与老公自拍了几张，等以后有机会再来吧。

不管怎样，我们也算到了天涯海角。不想耽误儿子的时间，就催促大家回去。

虽然脚步有些匆匆，但是，蓝色的海天在身边铺展，椰林、沙滩包围着我们，心怎能不陶醉？大美的天地色彩，都留在了心中。

夜宿红树林

中午，儿子开车去市区找了个东北菜馆，要了几盘菜，菜量很足。吃过饭，把我们安排在红树林国际会议中心的宾馆木棉 B 栋，之后和小伙伴匆匆回校照毕业照。

我和老公简单歇息，到楼下溜达。路上，儿子给我们介绍宾馆的情况，满心迷茫。没想到，走进来发现这宾馆如此大，十来栋高楼，各自管理，是个五星级宾馆群落。宾馆园内设施齐全，热带作物绿意盎然，游泳池，美食街，电影院，图书馆，丛林乐园，一应俱全。漫步园中，如置身热带雨林公园，移步换景，美不胜收。

傍晚时分，儿子带了六个要好的同学开车过来，去夏威夷酒店吃饭。昨天排队靠后，要等的时间太长，今天早早在网上预约却仍然要等。儿子给我介绍他的同学，同学们都和我们打了招呼。看到那些青春帅气的小伙子，我的心里真是感慨万千，我一直以为儿子尚小，没想到他远离家乡在这里也有了自己的天空，有这么多的好伙伴。我终于可以放下心来。孩子长大了，真好！

饭后，一车人开车回校，儿子的室友，我称为暖男的小伙子留下来，和儿子一起陪我们去大东海的海边散步。

傍晚的大东海，灯光灿烂，海滨酒吧放着音乐，大排档一个挨着一个。沙滩上，乘凉的人们坐着的站着的，听海潮声声冲击沙滩。走在儿子旁边的暖男说，阿姨，你可以赤脚走沙滩。这个主意好，我脱了沙滩鞋，赤足走在水边，任海水一次次冲洗脚丫。吹着海风，欣赏着灯火灿烂的海滨夜景，真是惬意幸福！

玩够了，儿子把我们送回红树林。儿子的小伙伴说，这是我们给你们精选的有特色的宾馆，让你们好好感受一下。我忙说了谢谢。这些孩子们呀，让我的心里一次次被幸福冲击着、温暖着、感动着。他们还没有走上社会，还只是一些大四的学生！

三亚千古情

在三亚的最后一天，中午想多休息会儿，下午去儿子的学校逛逛，到他们寝室看看。傍晚去宋城看《三亚千古情》。

早上，我和老公在红树林度假宾馆内闲逛，走来走去，也没有走遍宾馆。坐着园内的电瓶车绕了一圈，拍了许多照片。热带作物有名字的没名字的，高高大大，都让我好奇。大王椰、狐尾椰、芭蕉树、旅人蕉，树形独特优美，浓绿叫人喜爱。还有宾馆内的各种建筑，极具特色，让人难忘。

11点左右，儿子开车过来，办了退房手续，带我们去他的学校。一路上，儿子的美女小伙伴给我们介绍学校的落笔洞，就在校园内，青青葱葱中，那边有一个小山头，看起来像无人涉足的样子。因为时间仓促，下午还有课，所以我们在校园内逛了一圈，在儿子的寝室休息了一会儿，就去了学校附近的万科森林度假村办理入住手续。没有空房，还要等待，一直到安排好住处，儿子才回学校去。

5点左右，儿子开车和他的美女小伙伴过来带我们去看三亚的千古情。儿子和他的伙伴们都说，一定要看看千古情，想必有可看之处。

果然震撼，四场演出，场景精彩，场面宏大，演员演技精湛，实景互动，叫人难忘。看第二场《冼夫人》时，我被演员的真情打动，差点落泪。《海上丝路》《鉴真东渡》也给我留下了深刻的印象。而鹿回头的传说，也有了解答。相传，在很久以前，有一位勇敢勤劳的黎族青年，在五指山狩猎，发现一位来到人间的仙女变成一只美丽的梅花鹿，青年猎手穷追不舍，追了九天九夜，翻过了九十九道山，从五指山一直追逐到三亚湾的珊瑚礁上，茫茫的大海挡住了鹿的去路，当青年猎手弯弓搭箭时，花鹿突然变成了一位美丽的黎族少女，含情脉脉地回眸凝视。青年猎手被蓦然的变化惊得喜出望外，放下弓箭表达爱意。于是，俩人结为夫妇，在这里披荆斩棘，搭起寮栅，安家落户。从此俩人捕鱼狩猎，男耕女织，生儿育女，过着幸福美满的生活。后来，人们为纪念他们的爱情，便将这个地方取名鹿回头。

表演结束，游园，园内热带作物青青葱葱，在园内，在楼上，处处点缀，配着古色古香的风情小街，显得特别美好。

园内的科技馆，也非常有趣，我们参观了倒屋、斜屋。还在迷宫中探险，小时候，我们陪儿子玩，现在儿子陪着我们玩这些，忽然有种换位的恍惚。

游园之后，演员们在园内与游客互动，大家一起跳锅庄舞，热热闹闹，我也参与其中，开心地跳起来。

园内有许多现场表演，所有的人都可以参与，音乐声、欢笑声，洋溢在千古情的园中。这真是一场让人难忘的精神盛宴！

从千古情出来，儿子带我们去市里吃饭，买特产。儿子的美女小伙伴推荐的晚餐，在情人桥对面的新海府点了菜、吃了虾粥、喝了果汁，还专门去喝了有名的清补凉。

饭后在情人桥赏景，灯火灿烂，有许多游人。尤其是情人桥上，灯光流动变幻，图案与文字推动向前，完全是灯的海洋。周围的大街、高楼，全都被灯光装点，真是一个无比灿烂的世界。情人桥旁边，三亚河水边的栏板上,能歌善舞的新疆人正在尽兴地扭动腰肢。这繁华的夜景让人想起过去的上海滩。三亚,这个吸引了全国各地爱美之人眼球的热带城市,让人们忘记了冬天的寒冷,在这里尽情享受热带的特有风情。

痴痴陶醉,总要离开。和儿子一起去市里购物,儿子开车,找了几家水果店、超市,才买到想要的水果,打包回去,已是深夜。

儿子把我们送到宾馆,才回学校去。

我的三亚行，温暖又幸福

这几天，我常常在心中恍惚，这是那个时时要我牵挂的小孩吗？自从踏入三亚，儿子和小伙伴开车到机场来接我们，每一天的行程都安排得那么精彩，每一天每一个行程他都在尽心让我们玩好。最美的景，最好的住处，最有特色的美食，最贴心的陪伴。

从最初不让儿子报三亚学院，儿子执意填报，义无反顾离开我们，到报到后积极锻炼，演讲竞选班长，再到今天，儿子用他的一步步成长，安慰了我的牵挂。

其实，每一个孩子都是上帝派给我们的天使，有的孩子天生安静爱学习，有的孩子天生有许多奇思妙想，而有的孩子天性爱热闹，喜欢按自己的方式去成长。每个孩子都有许多不同的喜好。我们做家长的，应该尊重自己的孩子，让孩子按照自己的方式去生活。

离开父母，孩子才会真正长大，我感受到了，我的那个有理想的小孩在一步步按自己的心思努力成长。

孩子长大了，真好！

我的三亚行，温暖又幸福！

热带特产

　　喜欢热带植物的蓬勃与优雅，更想品尝热带水果的甜美与芳香。

　　椰子，天然的饮料，味道淡淡的，儿子说，我不一定喜欢。然而，品尝之后，却发现自己很喜欢那恬淡的味道。喝了两次，一次在海边的渔村，一次在市里面。

　　菠萝蜜，甜甜的香香的，在红树林度假村住宿的时候，一边在园内赏景，一边享用这南国的美味，日子也变得甜甜的美美的。

　　芒果汁，去饭店吃饭，儿子点过几次，如夏的日子，吃过肉食，来上两杯，甜甜香香，果肉浓稠，果香浓郁，解渴舒服。

　　买回来一些水果，吃的时候，忘记了叫什么名字，过后上网查了才明白。

　　释迦，小球状，外面凸凹不平。剥下外皮，露出白色果肉，尝一口，甜甜软软，咬下去，里面有籽粒，吐出来，黑黑的像松子那么大。再咬一口果肉，特别软还有沙沙的感觉。咽下去，觉得有点甜还有点辣，很好吃。有大的，也有小的，大的较贵点20多元一斤，小的十几元。

　　杨桃，透亮的黄色，外皮像透明的胶皮。闻一下，又香又甜。5个棱角，上下看像五角星，切开断面就是一个金黄透亮的五角星。顺着看，长长的，像黄色的艺术品。酸酸甜甜，汁水很多，味道没有闻的时候香甜美好。

青芒，我的最爱，仿佛一些青青的或者青中透黄的大鹅卵石，很有意趣。这个我认识，儿子刚去三亚的第一年就带回来一些，我那时候就特别喜欢这种味道。

洗净了外皮，用水果刀纵向切开，再切成小块，就可以品尝了。味道香甜可口，熟透的果肉是可心的黄，特别好吃。带了一些，和朋友分享，都喜滋滋地说好吃。

水果携带不方便，椰子糖多带了些。

那种甜香的椰子口感让人喜欢。

南国开心椰球也是一种椰子糖，但比一般的椰子糖好吃。椰糯糕是另一种椰子糖，长长的白白的更有嚼头，也不错。还带了一些菠萝椰子粉，儿子的美女小伙伴推荐的，给母亲冲水喝，我尝了一下，口味挺不错！

飞来又飞去

去三亚的时候，儿子为我们买的飞机票是晚上的，9点多起飞。飞机起飞延迟，真正起飞的时候，已经10点11分。

是晚上。去年坐过一次晚上的飞机，满心期待在空中观看星星，可是，天不作美，一颗也没看到。

这次又会怎么样呢？我也不抱多大希望。

然而飞机起飞后，我还是很好奇，就把头紧贴在机窗旁边。

呀，真美！腾然升起的飞机，离开大地就像离开了满天繁星，要独闯天宇。我还没有时间向上看，因为大地上一片灿烂，金黄色的橘红色的白的蓝的绿的灯光星星点点，织成一张巨大的"星"网，铺展在我们的视线之下。我的目光一直向下，因为飞机在这张巨大的"星"网上方飞翔盘旋，城市密集的灯光织成不同的图案，在这黑漆漆的夜里实在是漂亮耀眼。城市真大，飞机飞了那么久，才离开那张繁星闪闪的区域。正想歇一下眼睛的时候，却发现，黑漆漆的下方，这儿一团亮光，那儿一团亮光，越往远处，亮光越小，仿佛寒冷的冬天，谁把一盆炭火打翻，弄得火星四溅。那块炭火就在草丛里或者野地里独自明灭着，特别有意思。会是什么呢？我一边猜想，一边观察，恍然明白，一定是一个个县城，或者小镇，灯光没有那么多。但是，在黑夜里，从飞机上看，一小片一小片，越往远处，灯光越弱，就成了我看到的有趣场景。

刚才一直在欣赏飞机下方那密密麻麻的城市灯火，现在，飞机越升越高，穿过云层来到了辽阔的高天上。呀，星星这么亮，我终于在飞机上看到了星星，没有想象的那么大，但是觉得很近，飞机的机翼仿佛就在星星的旁边。初冬的天气，不像夏天水汽大，所以今天晚上，星星一直陪伴在我们身边。在夜空里看星星，真的挺有意思。

更有意思的是，没有多久，一张灿烂辉煌缀满"繁星"的网又出现在了视线里，那会是哪一座大城市呢？灯光那么多，那么灿烂，一定是湖北的武汉吧，从河南到三亚，第一个路过的省会就是武汉。目不转睛地欣赏那灯的海洋，那万家灯火下，有多少人在享受夜的安宁呢？从灯光之网的形状可以看到城市的大概模样，越是灯光密集的地方越是城市的中心地带。飞机飞越黑夜，也飞越城市。依旧是过了灿烂辉煌的灯网，向前去，是黑暗中那一小片一小片的灯火，越远越看不清楚。只看见黑暗中有一点点光似有若无地显现，仿佛掉进草丛中的炭火似明似灭。就这样，过了武汉，再过长沙，之后就什么也看不见了。也许到广西了吧，也许在飞越琼州海峡吧，也许快到三亚了吧。

胡乱猜想的时候，乘务员提醒大家，再有几十钟就将到达三亚。一阵惊喜，马上要见到儿子了，真好啊，我的宝贝，开车来机场接我们，他一定在机场等着我们了吧。

怪不得看不见地上的灯光了，南方水汽大，云雾多，一定是云遮住了一切吧？而天上也看不见星星了，因为飞机下降进入了云层，迷迷糊糊的时候，飞机降落。三亚的灯光灿烂地出现在视线里。下飞机的时候，天下起了小雨，天气果然有点湿热。三亚，我们真的来了。

离开三亚的时候，儿子开车和小伙伴到机场送我们，给我们买了吃的，把我们送到安检的地方，很不放心地挥手，我看到了儿子对我们的牵挂。

　　上了飞机，一切尽在身后。知道儿子在三亚的生活情况，我放下心来。告别三亚，我们出发。

　　是白天，而且是个晴天。

　　在飞机上向下看，真漂亮！

　　起先，有淡淡的云在青山间铺排着，山多云少。而后，云越来越多，笼罩着山头，有的地方云涌起来，长长的如一排云朵做的高墙，翻卷着，很有动感，纯洁棉白，特别漂亮。

　　后来，云越来越多，铺展了一世界。

　　飞机上方，天空晴蓝，飞机下方，完全是云卷云舒。这儿一堆，那儿一堆，如雪后的大地上铲出来的雪堆，又如冰天雪地的南极，色彩简单，却美轮美奂。

　　由于行程长，天也晴朗，所以，一路上，看见远处或高或低竟有十几架飞机在不同的时间飞过，有的托着长长的白线，在晴蓝的天空映衬下显得特别优雅。有的飞得低，如在远处的云层中穿行。长长的路程，因为飞机的便利，成了两个多小时可达的旅行。

　　去的时候是夜里，越向南方，越看不清大地。回来的时候，正相反，越向北方，云层越厚，接近中原时，已是满天灰云。下了飞机，灰天黄土地，树叶黄了，一树半落，与三亚的蓝天绿树南国风情相比，竟是差别得让人起了失落。

　　我的三亚行，还未到家，竟又起想念！

第六辑　日光岩上听潮音

从不曾在意的一块土地，走进去，却发现，原来这里如此安逸浪漫。

遇见厦门

经常出去旅行，有时候去一个地方，去之前已经懒得去查资料。尤其是跟自己的孩子们出去，更不想动脑子。有他们操心，我只是想出去走一走，看一看某个地方与家乡的不同。去厦门的时候，就是这样一种心境。车票年前就已订好。女儿和老公都在身边。我知道，只要按照行程，某个时间里我一定会到达那个地方。至于那里的情形，思想上没有概念。就在我的思想懒得想睡觉的时候，没想到厦门给了我那么大一个惊喜。

正月初四的午后，我们从武夷山东站出发，乘坐高铁前往厦门。到达时已经傍晚。下了高铁，我和老公还有我们的小女儿入住车站对面的莫泰酒店。

放下行李，从八楼窗户向附近高楼望去，感觉与其他城市别无二致，高楼林立，一派繁华。及至第二天早上出去时才发现，这感觉也对也不对。一样的高楼林立，不一样的是路旁的树木和花草皆是南国的翠绿与芬芳。此时的北方，大部分的树还未长出叶子。而这里，大王椰巨形鸟羽一般的叶子尽显南国风姿。大榕树随处可见，如长满胡须的老爷爷又焕发青春的容颜，生机勃勃，一派南国的浪漫。

小女儿订了环岛巴士。在票务中心取了票，我们坐上双层的环岛巴士，欣赏着街上一堆堆一簇簇盛开的繁花与绿植，前去环岛感受厦门的风姿。

　　在胡里山炮台下了车。沿着旁边的石板路向里走，我们竟然来到了海边。

　　大海一望无际，呈现在眼前。

　　天空阴郁着，海浪一层层扑上岸滩。许多人在沙滩上游玩。我们沿着海滩醉心地欣赏海景。空气清新润泽，仿佛到了威海银滩我们海边的家一般，有种亲切的熟悉感。不同的是，这里的海上有许多大船，缓缓来往。让人感到这是一座海港城市。

　　沙滩上有人在弹吉他唱歌，空灵的音乐在沙滩上空轻轻飘荡。女儿买了个泡泡玩具，在沙滩上挥洒出一串又一串彩色的泡泡。五光十色的泡泡飘在空中像一群可爱的小娃娃晃悠着飞去。海风习习，一切显得舒适惬意。我尽情地呼吸着海上的新鲜空气。只见小女儿找来一个小棍子，在沙滩上即兴写上自己名字，设计成一个心的样子，写上2018。爱画画的人设计灵感总是很多。

　　沙滩漫步，放空心灵，刚来到厦门，我们就感受到了它的浪漫。悠闲的海滨生活，让人心里空灵舒适。刚到时的错觉已经被海风吹去。这是一个浪漫悠闲的海滨城市，干净舒适。大海就在身边，心灵疲累随时可以被海风吹走。

　　我总是非常恋海。时间不知不觉过去，将近中午时才想起回到环岛路上。想去厦门大学，却已在沙滩上走过了许多站。沿着环岛路折回来。找了小黄车，我们去厦门大学的校园，许久才到达。

　　真是一座漂亮的大学！校园内树木苍翠，繁花成堆。高高的大王椰列队校园路旁尽显南国风姿，玫紫色的紫荆花在校园内随处可见。我们在艺术学院流连。络绎不绝的人流来到芙蓉湖边，这里花草树木堆绿叠翠，与湖光天色相映衬。依山傍水，厦门大学像一个美丽的南国少女一样让人

111

迷恋陶醉。

用中国最美的大学来称呼厦大一点都不过分。四季如春的校园，加上校外的大海沙滩，在这里求学真让人感觉幸福。看到校园里有老年大学的字样，我竟想退休后若有机会再来这里进修。花园一般的厦大实在有着迷人的气息，叫人神往。

因为时间关系，我们没有游完厦大，恋恋不舍地离开，去附近的悠闲渔村曾厝垵吃饭。早已过了午饭时间，我们饥肠辘辘。

好一个美食遍地的小渔村！各种海鲜美食琳琅满目，叫人目不暇接。一边走，一边买。线虾，金黄诱人，外焦里嫩，无比鲜香。虾扯蛋，一排排卧在煎烤器里，听名字就觉得有趣，看样子更叫人想买来品尝。鹌鹑蛋裹着一只金红的去了头的虾，被煎成金黄的外皮。怎会叫人不动心？生蚝蒸了，放上调味汁也挺诱人。蚵仔煎也叫人挪不动脚步。每一个饭店都座无虚席。终于找到一个特色小店，点了菜，要了沙茶面，我们坐下来一边吃饭一边歇息。

饭后继续在曾厝垵的小街上闲逛，小街上的游人依旧挤挤挨挨。看到小街上各色美食动心，小街上的小店极具文艺气息，精品也琳琅满目叫人动心。我买了一顶帽子作为纪念。

在摩肩接踵的人流中走了几条小街，看看时间不早，未敢逛完，匆匆出去。想起在沙滩上玩了太久，逛厦大时已过了午饭时间，在曾厝垵吃了美食又忘记一切。我们今天要乘坐巴士环岛游这事竟忘记了一般。我们不过才坐了一站，下了车就在此地忘乎所以，迈不开脚步了。

匆匆出去，好不容易回到环岛路上。去找巴士站，等了好久才遇到。已是最后一班车了。庆幸不论如何，终于赶上最后一趟。坐上环岛巴士，终于舒了一口气。有车如腿，便给了眼睛空闲，终于可以尽情地欣赏美景了。

车子启动，海风劲吹。我们坐在巴士二层，车窗没有玻璃遮挡，吹着海风欣赏沿海风景，真是美好至极。

大海就在路那边，一个又一个景点出现在视线里。而路上大王椰和银海枣似列队欢迎我们一般，极具南国的风情。悠闲的人们，绿色的草木，花团似锦的植被，凉爽的海风，还有巴士上放出的空灵音乐和娓娓介绍，莫不让人觉得这真是一次极浪漫美好的旅行。

　　一路上我总是心动，拿出手机拍了一个又一个小视频，准备回去回味。心里满满的全是美好和幸福。

　　环岛一圈，移步换景，回到市中心，仿佛初识一个美人。厦门既有大都市的繁华，又有海滨城市的休闲。美丽的厦大和美食遍地、休闲文艺的曾厝垵，更如两个让人难以忘怀的宝珠，把这一天的行程装点得美轮美奂。

　　晚上，我们乘公交车专门去了中山路。这是一条灯火通明无比灿烂的商业购物街。我们在这里吃了饭，一家一家地逛商店。这里有商业的繁华，更有浓郁的文艺气息。从名字上就能感受到多么惬意浪漫。"从你的全世界路过""茶醒了""八婆婆"，各种美好的饮品和人的目光相遇，脚都走疼了，也不想回去。

　　未达厦门时，一切皆在思想外。厦门一日游，一切神经皆被唤醒。好一座极具浪漫气息的海滨城市，好一座极具南国风韵的美好之城，好一座美食遍地的海鲜之城！

　　遇见厦门，一直被一种非同一般的美好包围！

海上花园——鼓浪屿

　　到达厦门的第二天中午，早早吃了饭，我们去内厝澳码头乘船。在白色浪花激荡的欢歌声中，轮船向海上小岛鼓浪屿行去。

　　十来分钟的时间，一个树木葱茏的小岛就出现在我们的眼前。怀着喜悦的心情，我们登上了鼓浪屿。

　　小岛上果然景致非凡。

　　沿着海边沙滩，我们一边欣赏岛上的花草树木，一边欣赏大海的空阔辽远。不久，看到了鼓浪石。传说海浪涛天时，海水在石洞内回旋澎湃，击石而鸣，于是就有了鼓浪洞天的景致。

　　向前去，海上有廊桥回环。走在小桥上听涛观海，远远看着就觉得惬意。而岛的另一侧，沿着树木葱茏的小巷向岛内走，有一些景点。我们不想错过，就想去看看然后再回到海边来。

　　岛上的花草真多！郁郁葱葱的大榕树随处可见，叫不上名字的花草长满小岛的角角落落。

　　从一个花草繁茂的植物园旁经过，园内的树木叫不上名字，却特别喜欢它们那别致的树形树叶。有的树上还有一些形状奇异的果实叫人忍不住想多瞧上几眼。寻着路标，我们先来到琴园。在这里买了岛上的通票，每人100元。然后沿着琴园内的石阶向上去园内参观。

各种热带树木青青葱葱，遮天蔽日。玫紫色的紫荆花开满枝头。园内奇石堆叠，曲径通幽。向上去，亭台楼阁，花草满目。走累了，在小亭子里坐下休息。山风习习，花香袭人。来到琴园之上，发现有殷承宗音乐人生展室。看了事迹介绍，再走进去坐下来一边歇息，一边欣赏这位音乐名人的钢琴演奏。《黄河大合唱》与《东方红》的熟悉旋律在琴园上空回放。凉风阵阵，琴声悠悠。美妙的音乐，叫人忘记身在何方。

走出音乐展厅，在琴园高处放眼望，可以看到鼓浪屿上绿树葱茏，掩映着一座座红顶白墙的建筑。而远处，海水温柔环拥着小岛。厦门的地标建筑清晰地展现在天空下，显得恢宏醒目。

奇花异鸟，绿树红花，走出琴园，心里非常不舍。

按图索骥，我们去往日光岩。

岛上有广告：不登日光岩，不算到厦门。

日光岩如同鼓浪屿的最高哨所，在这里可以看到整个鼓浪屿的景致。能看到鼓浪屿完全与厦门岛隔鹭江相望，被海水包围，如海上明珠。岛上白墙红瓦建筑一处处掩映在绿树丛中，整个小岛看起来诗意盎然，生机勃勃。

前往日光岩的台阶非常狭窄。上行的人与下行的人挤挤挨挨，又井然有序。有保安在拐角处协助，这样才使得人们拥而不乱。每一个人上去，在最高点只有5分钟的赏景拍照时间。等在下面的人总是盼着上去的人快速返回。几乎是一步一挪，我们才能走上极顶。

站在极顶，环岛而视，觉得特别幸福。这样一个花草葱茏的美丽小岛就在脚下，大海如母亲怀抱着可爱的婴儿。岛上热带树木繁茂，红顶的房子点缀其间，高高低低，尽显小岛的诗意与精致。而岛对面的厦门，高楼林立，一派繁华，与小岛隔海相望，恰似深情的母亲凝望着自己的孩子。

日光岩周围还有很多景致。我们一边欣赏，一边返回海边，沿着沙滩继续向前。走上海上廊桥,这里写有四十四桥的字样,有渡月亭、听涛轩。在这里听涛、赏景真是最好的享受。巨型石块上时不时有大红的题字,在翠绿的大榕树下显得格外醒目,什么"海阔天空",什么"脚力尽时山更好"。四十四桥曲曲折折,高高低低,一边走一边拍照,惬意的心情如漂浮在海上。

走过水上曲折回环的小桥,我们来到了菽庄花园。在这里走进观复博物馆,欣赏了古代的器皿金饰,也看到了钢琴博物馆,欣赏到了那么典雅的古钢琴。鼓浪屿有"琴岛"的美誉,看过这些古钢琴,我们才感受到了这座小岛被称为"琴岛"的神秘风韵。

穿过繁花成堆浓密葱郁的热带植物花园,我们再次来到海边,感受了鼓浪屿的葱茏与浪漫。

天将黑时,才发现通票上的刻字馆、皓月园我们还未观看。寻来找去,竟未找到。从福音堂经过了三次,也未找到刻字馆、皓月园。

再度寻找,发现夜色深沉,海浪冲天,海边寂无一人。不敢贪恋寻找,返回灯火通明的岛内。找到了郑成功纪念馆,然而这里早已闭馆,唯有灯火在夜色里灿烂。想到时间匆匆,不能错过出岛的轮船,沿着岛中小巷回去。一条条小巷,灯火灿烂,有酒吧有咖啡馆,非常文艺,叫人留恋。

路经李家庄,黄家花园时看到里面灯火通明,觉得小岛处处都是风景。路经马约翰体育广场,发现岛上还有幼儿园、小学校。本以为这里只是风景区,没想到还有原著民。觉得他们生活得富裕、幸福、安逸。

脚步越来越沉,然而心里越来越留恋小岛上的美景与灯火。在那金黄诗意的灯火中,我多么想做一个岛上的居民,想长久地体味这种天人合一的小岛生活。然而一切都是妄想。

穿过一个又一个灯火通明的小巷,在那诱人的小食品摊上,我们咨询了出去的路线。好不容易才走出了纵横相连如迷宫一般的小巷,来到鹭江边。

回头望,岛上一处处灯火如开放的花朵,在山石间明灭相映,说不尽的诗意灿烂。而我们，这半天的时间，迈着匆匆的脚步，一直想把小岛踏遍，却始终未走遍。就要回去了，还是无限留恋。

晚风习习，江水悠悠。对面的厦门岛高楼林立，灯火灿烂，形成一片灯光的海洋。每个地标建筑都是灯的世界，各种彩灯变幻明灭，把江面映得波光粼粼，无限悠远。

迈着依依不舍的脚步，我们在三丘田码头上了船。几分钟的时间就到了江对面。

回望鼓浪屿，灯火明灭，诗情无限，而厦门岛，灯火更灿然，仿佛一片温暖的海洋融化了我们身心的疲累。

回到宾馆，简单洗漱，卧床而眠，梦里也是灯光和海浪的影子。

回想鼓浪屿一日，山石海景与花草树木相伴相映，美好至极。真如一座海上花园，叫人难忘！而岛上的许多景点未能涉足，想想觉得挺不舍。岛上的美好与浪漫唯有以后有机会再来品鉴。

第三天中午，我们在高崎机场登机。两个多小时后，落地新郑。愉快结束此次厦门行。

难忘厦门的浪漫，鼓浪屿的美好。还有坐飞机时窗外的云淡淡的似一层一层的轻纱铺在空中。飞机如在一片澄明的水中游弋。我们如在温暖的花房中一样。

在声音中旅行

去厦门的时候没有做任何功课，只想去感受一下异地风景。

然而走进去却发现自己是多么粗心，那些美好让人难忘，因为没有做功课，更深一点的东西了解太少。回来以后，仍然被那里迷人的风景感动着，总觉得没有看够。

去"喜马拉雅"搜了一下资料。接下来的日子，一有时间就把自己沉浸在了那些好听的声音中。

原来鼓浪屿上有那么多历史悠久的别墅和建筑。原来厦门是应该做足功课去认识的。

那里既有海滨城市的休闲浪漫、海鲜美食，又有南国茂盛的花草植物，还有掩映在鼓浪屿小岛中的一幢幢花园别墅、博物馆，每一处都有着悠久古老的故事，值得我们去了解感受。

由于有了此次厦门行的真实感知，其他没有了解的地方，我跟着厦门的解说词和声行漫步一点点进行了补充了解。

虽然只有匆匆几天的行程，但回来后，跟着"喜马拉雅"，我一点点融化，厦门真是一本美好且丰富的大书！

春天的午后，阳光明媚，洒满阳台。而我躺在阳台上的沙发上，披着一身春光，打开"喜马拉雅"，一次次走进厦门，了解它的精彩与浪漫。在鼓浪屿一座座别墅中，兜兜转转，阅尽了这座小岛的人物历史。跟着声音去旅行，我的厦门行一次次变得更加温暖更加圆满。

闽韵华彩

2019年新年伊始，我们在福州逗留了两日。我竟去了三次三坊七巷。第一次是晚上。

正月初六的傍晚，从武夷山东站乘坐高铁来到了福州，我们入住三坊七巷附近鼓西路的唯恩酒店。这是一个具有民俗风情的酒店，环境幽雅。室外的白玉兰、红玉兰正开放，院里一棵大榕树枝叶繁茂，下面仿佛一个小型停车场。

放下行李，简单收拾，我们便来到了达明美食街。这是我们前往三坊七巷的必经之路。

真是一条滋味俱全的街道！路中间是一排小吃车，每个小吃车上灯火通明，各种美食吸引着人们的目光。我们也不例外，在多个小吃车前寻觅，买了一种再买另一种，比如芝士热狗棒、章鱼小丸子等。平日里拒绝的辛辣味也尝试了，因为孩子喜欢，我们便也喜欢了。

过了达明美食街就是南后街，这是三坊七巷的中轴线。正值春节，大街上灯火通明。红灯笼一串串挂在街道两边的古建筑上，路中间供人们休息的长亭两边，也挂着各种形状的宫灯，圆的，长的，色彩丰富，一片喜气。

　　大榕树随处可见，有的长在路中间，上面也装上了一串串的红灯笼，加上照明的彩灯，把大榕树浓密的绿叶也映得通体透亮，有了和平时不一样的光华与色彩。

　　我们兴奋地向里探寻，各种小店名字稀奇文艺，店里的特产更是琳琅满目，色彩丰富，别具一格，明白这就是闽韵特色。

　　沿着中轴线向里走，会看到旁边一条条小巷，灯火通明，游人如织。而南后街，游人挤挤挨挨，红灯笼与大榕树上的绿色光彩相互辉映，如诗如画，辉煌亮丽，叫人兴奋。

　　夜晚的三坊七巷，红灯笼格外漂亮。远远看，仿佛一条灯笼的河流，长的、圆的、八角的宫灯多得仿佛天上的星星，让人数不清。

　　第二次去三坊七巷是白天。

　　我们用了整整一天的时间去每一条小巷深处探访。如果说第一天的晚上是简单了解，现在就是在深处细致阅读。

　　我们先参观郎官巷，再依次走进安民巷、黄巷、塔巷、宫巷等。之后又去了光禄坊、锦绣坊、文儒坊。每一个小巷都是白墙黑瓦。里面的院子有的是名人故居，有的已经成为博物馆，也有居民住着的。小巷深处，有许多可看的东西，有的是庭院的美，有的是匾牌的古韵，还有精美的剪纸、国画和茶艺展览。走累了，还有一个看起来不大的书屋，走进去却发现这里的书很多，非常安静。可以坐着休息一会儿，看看书，安安静静地让自己的心融化在这古老的庭院中，真的非常幸福。

　　其实书屋看起来小，走进去却发现不小，在这古老的巷子里，仿佛一个藏着黄金的宝藏，让我们的心有一个可以静享安宁的空间。

　　一天的时间，若在每一个庭院走一遍，还真是不可能。因为，这里面有价值的东西真是数不胜数。走马观花，你只能看看这些庭院的建筑外表而已。

　　我喜欢这里的闽韵。粉墙黑瓦，翘檐鼓脊，花草繁茂，每一个庭院都古色古香。小巷并不齐整，窄窄的，却极具生活情韵，能感受到当时人们生活的情致。

　　这里有许多名人故居，是"闽都名人的聚居地"。林则徐、严复、林觉民等大量对当时社会乃至中国近现代进程有着重要影响的人物皆出于此，使得这里充满了特殊的人文价值，成为福州的骄傲。

　　我特别喜欢小黄楼的花厅。小黄楼是一幢两层木柱粉墙小楼，楼前绿树四合，各种绿植把小院打扮得独具风韵。我从门外望了一眼，便喜欢上了这院子。买票进入院子，看到深红色的茶花正在绽放，心里更是无边喜悦。院子里假山池水旁还有一株百年杧果树，树干粗壮高大，树冠硕大繁茂。几个院子相通相连又可以分开，漫步其间，心情婉约，情思跌宕。

　　漫步在三坊七巷，如入一片民居的迷宫，出了这个院子，走进那个院子。每个院子都会有一段历史，都会有一些故事。一天逛下来，以为了解了许多，可其实只是一些皮毛。

　　资料记载，三坊七巷内保存有200余座古建筑，其中全国重点文物保护单位有9处，省市级文保单位和历史保护建筑数量众多，是一座不可多得的"明清建筑博物馆"，里坊活化石，是"中国十大历史文化名街"之一。林徽因、冰心等著名女作家都曾在此居住。

　　第三次去三坊七巷是要回去的那天早上。

　　虽然第一次去看了夜景，第二次逛了一天小巷，直至华灯初上，又赏了夜景。但是，总觉得没有看够。

　　第三天早上，我起了个大早，一个人洗漱之后，驾轻就熟又去了三坊七巷。

　　早晨的三坊七巷人极少。我一个人沿着南后街，从这端到那端，快速走了一遍。我发现，其实这条街若没有游人挤挤挨挨，并不太长。但是，游人多的时候，就觉得一直走不到头。

　　早晨的三坊七巷很清静。不太宽的街道上，偶尔有一棵大榕树长在路中间，亭亭华盖浓密蓬开。一棵树就是一大片风景，在这片古老的建筑群里，让人清清爽爽很舒服。

有人在街上跑步。我走进小巷子，巷子里没有游人，显得极其安静。那白天里一个个热闹的院落，此时还都关着门。小巷子互通，我们已经走过一遍，却又仿佛没有来过。

回去的时候，我心中还是有些留恋。

就像在读着一本具有闽韵风情的课本，我在福州翻开一段历史，读着它的过去和现在。一幢幢建筑就是它的风骨，一棵棵深深扎根在小巷子里的大榕树就是它的风情，而老街的美食就是它深入骨髓的滋味。

福建福州的精神气在这里略可一瞥。

读一本大书，需要反复琢磨，我拍了许多照片，待回去回味。中华大地，每一处都有历史，都有诗歌，都有文采，都有华章，值得我们去研读去颂扬。

天下西湖漫步

在福州的三坊七巷欣赏闽韵，不知不觉，一天多的时间已过去。

就要回去了，还想再看一些福州的风景。

去哪里呢？地图上显示西湖公园就在住处不远。早饭后，我们去西湖公园玩。

原来这么近！出了唯恩酒店，过了一个路口就来到了西湖公园。

呀，真好！晨练的人们，许多人都在跳舞，有跳双人舞的，还有跳广场舞的。不远处还有舞剑的，几个人结伴在一起踢毽子的。广场下面就是湖水。环湖有步行木栈道。我跟着跳广场舞的人们活动了一会儿，然后沿着木栈道去环湖赏景。

南方的春节不似北国，虽然七九天气，依然到处翠绿。

湖岸上长着各种南方树木，枝繁叶茂。有的高大，有的横生，伸到湖面上来，让人感到特别有活力。有时候，繁花点点，我便移不动脚步，拿出手机拍个不停。我喜欢生命力极强的绿植，也喜欢这早春的点点红艳。

木栈道修在水上，并不紧靠岸边。这样，湖水便在栈道下与岸边的石墙撞击出水声来，哗哗作响。我低头去看，竟发现水上有相连的花盆，盆中兰草被水浸润，一片青葱，很有趣味。

抬头看，更有意思，岸上的大榕树把那浓绿的密叶伸到湖面上来，走在木栈道上，便仿佛走在亭亭华盖下了，非常惬意。绛红色的木栈道，深厚浓绿的大榕树，还有泛着绿波的湖水，以及岸边时不时出现的一堆堆三角梅，真的叫人陶醉。远处岸上的大王椰也时不时提醒我，南方的美与北方截然不同。

走累了，可以在榕树下的长椅上休息，欣赏榕树的亭亭华盖，或者在临水的木椅上坐坐，发发幽思，都是特别好的享受。

公园的每个方向都有风景。沿着水上栈道向前走，会看到一大片榕树笼罩了一个小岛。细看，却也只有几棵。榕树实在太大了，一棵榕树已是一片风景，三五棵老榕树真是一片枝叶茂密的森林。更有趣的是，这片榕树林已成为人们心灵的栖息地。老人们在树下聊天，女人们在树下放着音乐跳广场舞。华盖亭亭，绿叶深厚，我在榕树下走走看看，坐下来拍照，心情如榕树一样，绿生生满心生动。

下午要乘飞机回去，所以，想发发幽思，也不敢太痴狂。

沿着环湖路上岸，禁不住对那片长满大榕树的湖心岛频频留恋。

及至向前才明白，大榕树遍布公园，虬枝纵横极有气势，绿生生的树冠遮住头顶的天空。鸟儿在树叶间叽叽鸣叫。走在榕树下，心里总是绿生生，一片柔软与浪漫。

总以为身边的榕树就是最好的风景，没想到，广场上的一棵比一棵庞大。走在榕树下，我被这南国的树深深地吸引，感动，震撼。无数的气根，密密麻麻的绿叶，无法形容的气势，无法形容的生命力量，甚至叫我喜极而泣。

这是怎样的一棵树？它有着怎样的深情与向往，又有着多么顽强的毅力，才能穿过岁月的风雨，成为天底下这般叫人震撼的风景。它不言说，却把心语都放在了一重又一重的根上面和绿树间。

怀着一种深深的感动，我沿着公园的步道向前去，然后再次走上湖水边的木栈道。因为时间关系，我们并没有走遍所有的道路，然而当我再次走上水上栈道的时候，我还是又一次被深深感染。

波光潋滟的湖面上，一排老榕树从岸上把绿色的华盖伸过来，木栈道仿佛水上的一个绿色通道，我走在其间，心情一片怡然。更有意思的是，榕树枝上垂下的气根飘飘拂拂，远远望去，极有意趣。我一边漫步，一边欣赏，浓绿的榕树叶伸到水上，把湖水也衬得明艳起来，拍张照片，感觉特别有意境。

如果说，我刚才是被大榕树的根震撼，现在则是被它的浪漫感动，一片明艳的湖，一棵又一棵这样顽强又生机无限的大榕树，早已把我的心融化得温润明朗。

抬头看湖中间，一座座桥静卧湖面，一艘艘小船安静地漂在水上，远处有一座楼竟仿佛杭州西湖的塔，恍然间觉得如在杭州。正疑惑，抬头发现湖边墙上有"天下西湖"的字样。想起在别处旅行的路上，曾有人向我介绍福州的西湖，我曾不以为然。然而现在是真的明白了，福州的"天下西湖"，真的是一道亮丽的风景。我看过杭州的西湖，欣赏过扬州的瘦西湖，今天竟信步走进了福州的"天下西湖"。不一样的地点，却是一样的美好，真的感到非常满足和幸福。

这样想时，已走到西湖公园门口，小女儿叫我留影，我欢喜地走上去。许多人在拍照，我也欢喜地拍了一些。

随意走走，却不想有这么多感动。一片明艳的湖，密密麻麻许多大榕树，枝虬叶茂，在我的心里营造出一片蓬勃的风景。

福州，电视广告语说是有福之州，也称为榕城。我在三坊七巷的小胡同里就已经有了深深体会，现在更明白了其中的缘由。

下午要在福州的长乐机场乘飞机回去，这中午的邂逅真的叫我永生难忘。

天下西湖，有福之州，一棵又一棵的大榕树，亭亭的华盖，重重的虬枝，都长在记忆里了。

懂得一棵树

站在一棵树前，我的心喜极而泣。

这会是一棵怎样的树？

在福州的日子里，我每天都被这棵树感动得不能形容。

我所居住的唯恩酒店院子里有一棵大榕树，走进去，我就被深深吸引了。我为它的硕大感动。要进房间去的时候，我特意回头瞅了它几眼。我发现，它的树冠大得像一个停车场的房顶，树冠下面可以停好多辆小轿车。后来，我发现，在福州，它不是最大的。

最大的榕树在三坊七巷的小巷子深处。在三坊七巷漫步的时候，我发现小巷子深处的榕树比唯恩酒店的那棵榕树大多了。它的老根长在房子一角，样子很丑。然而，它的树冠大得啊，能盖住几个院子。我问老公榕树的树冠有多大，他说，这可不好说。平时能估计的他现在失去了概念。

那绿色的枝枝叶叶，长在天空中，从这边到那边，好长的距离。我第一次看到那么大那么古老的榕树，眼睛不停地去树叶间逡巡。我想，它一定经历了太久的岁月，才长成连自己都控制不了的样子，伸到四面八方去，连它自己都看不清自己发展到了哪里。那满树绿叶密密麻麻把天空顶在树冠外，把小巷子的粉墙黛瓦搂在自己的怀抱里，成为天底下一道生机勃勃又充满无限古韵的风景。让我整整陶醉了一个中午。

福州的大街小巷都有榕树。南后街的路中央就有榕树，红灯笼在榕树上挂了一串串，绿叶红光，让夜晚的三坊七巷醉醉的像喝了酒的女人一样美。

我更震撼的是在西湖公园玩的时候，大概是长在公园湖水边的原因吧，那些大榕树都特别庞大。树冠大得叫人惊叹，一棵树就是一个天然的巨伞，能容下数不清的人在它下面。

尤其是它的根，叫我喜极而泣！

这是怎样的一棵树啊？

老根粗糙，不止一个，扭在一起，旁边又生出来无数的根扎进大地，因为它要长成一片天空下最深情的风景，没有什么来支撑，那就只好自己把枝上再生出气根，伸向大地，扎下去，长牢固，支撑起自己。

没有人来帮助自己的时候，就自己帮助自己。

没有人懂得自己的时候，就努力长成一片自己的风景。

多少年的风雨，一定连它自己都说不清了吧。

只因为心中有风景，只因为每一片绿叶都有梦，那就默默地一点点地长。直到长成心中想要的美丽和梦境。

西湖公园有太多的大榕树，每一棵都让我心里面波涛汹涌。

有的榕树，树冠大得像一片森林，它的气根不是守在老根附近，而是遍布榕树四周。远远看，以为是一根一根的粗棍子在支撑着榕树那浓密的枝枝叶叶，走近了，才看到原来那些都是榕树自生的气根，有碗口那么粗，仿佛大榕树下面长出的一片树林。

漫步在榕树下，我深深地懂得了一棵树的梦。那根就是最好的说明。唯有自己努力，才能成为自己的风景。那老根虬枝就是最好的见证。

绿叶的梦在天空，根就是最好的支撑。

长吧长吧，别人帮不了你的时候，自己要学会帮助自己！

就是这种语言,就是这个形象,让我喜极而泣!

那么多长的短的气根,后来长着长着,自己也成了老根,根根支撑,才成就了榕树的硕大梦想。

摸着那古红色的气根,我深深懂得了榕树。唯有不懈怠,才能成就自己的风景。

根已成林,梦想必能成真。

那亭亭的绿色华盖下,鸟儿在叽叽鸣叫,人们在喁喁私语,音乐在水上面、在榕树间轻轻响起来,我的心真的醉醉的,不愿意离开。

走在大榕树下,我的心喜极而泣!

不用言说,大榕树的根叶虬枝都成了我心中的榜样和风景。

去长乐机场的路上,我问出租车司机,榕树如何种?他说,榕树是插枝而生,很容易生存。我说,那大榕树这么大怎样伐倒呢?司机说,没有人去砍伐大榕树。路中央长一棵就长着吧,谁也不会去砍的。我们都很爱护大榕树。哦,怪不得这里到处是榕树,福州称为榕城,真是名副其实!

据说,福建的居民许多是外来人口。我想,这就像大榕树,也唯有像榕树深深扎根,才会枝繁叶茂,自成风景。

我喜欢大榕树的浓荫,喜欢大榕树的根须,喜欢大榕树那努力枝繁叶茂的精神!

第七辑　华东掠影，能不忆江南？

白居易有诗云："江南好，风景旧曾谙。日出江花红胜火，春来江水绿如蓝。能不忆江南？"

南京与无锡

生活好了，越来越多的人喜欢出去走走，甚至有人说旅游不如旅行。如果条件允许，旅行当然是不错的选择。可是，如果条件不允许的时候，能出去走走，哪怕走马观花，看看异乡风景也会有许多新鲜的感知。就像水面下的一尾小鱼，偶尔跃出水面，哪怕瞬间，也是一种美好。

我去游华东的时候，就是这样一种情形。

因了一些特殊的原因，5月，我跟着一个普通的旅行社去游华东。一路上真有点走马观花的仓促。然而，细想想，走马观花也对江南的美好有了感知，还是很有收获的。

5月22日下午3点我们从家乡出发，第二天早上到达南京。第一个景点便是夫子庙。

夫子庙位于南京市秦淮区秦淮河北岸贡院街，是为了纪念中国伟大思想家、教育家孔子的祠庙建筑。

下了车，经过秦淮河上的小桥，我们来到夫子庙门前。景点还未开门。导游一边介绍，一边让我们参观夫子庙广场上的牌坊和周围的建筑，比如"天下文枢""江南贡院"，还有附近的大照壁等。导游告诉我们这里曾是古代江南的文化中心，江南贡院即中国古代最大的科举考场。历史人文荟萃，为社会培养了大批优秀人才。我们眼前的夫子庙建筑群，也是夫子庙秦淮风光带的重要组成部分。

夫子庙旁就是夫子庙小学，校门上书写着"亲仁尚礼"。想进去看看，被保安挡在门外。我想在这所小学求学的孩子受夫子影响，一定更懂得礼仪和学习的精髓吧。

之后，导游带我们在夫子庙旁边的步行街感受秦淮风韵。青石板的地面，古色古香的建筑群，迈步其间，听着导游的娓娓讲解，江南的气息早已像一股清新的小风扑入心怀。

受《桨声灯影里的秦淮河》影响，来南京之前，我对秦淮河有过许多想象。也很想欣赏一下秦淮河的夜景。如今，却只能凭着秦淮河上静静泊着的精美游船和周围丰富的灯饰来想象它的灿烂与美好了。

下车时经过秦淮河，看到秦淮河水平如镜，黑瓦白墙的建筑倒映在水面。觉得白天的秦淮河也美得如一幅清简的画卷。

现在漫步秦淮古街，能强烈感受到这里浓郁的生活气息和秦淮文化滋养。伙伴们边走边兴奋地拍照，乌衣巷、李香君故居，还有咸亨酒店和立于旁边的孔乙己塑像，一个一个熟悉的名字让我们的神经变得兴奋，内心里悄然着上难忘的秦淮印记。

愉快的时光总是过得很快，导游给我们约定的自由活动时间很快就到了，他召唤人们上车。这一天我们还要去雨花台、侵华日军南京大屠杀遇难同胞纪念馆和中山陵。

雨花台松柏环抱，大门内的广场上耸立着一座烈士群雕，是我国目前最大的花岗石群雕。两侧的通道可直达雨花台主峰，主峰上矗立着一块高高的石碑，碑身正面镌刻着邓小平题写的"革命烈士纪念碑"七个金字。前面还有一座烈士青铜塑像。在纪念碑南边还有一座花岗岩结构的大型建筑——革命烈士纪念馆。

纪念碑前方，是一个很空阔的地带。周围绿树成林，环境清幽。

参观侵华日军南京大屠杀遇难同胞纪念馆的时候，跟着馆内的导游，一步步了解当时的日本对中国人民犯下的滔天罪行，每个人的心中都极其愤慨，也特别沉重。对每一个中国人来说，那是一段不能忘却的记忆。让我们前事不忘后事之师。走出纪念馆的时候，仿佛从一段梦魇走出来，真为我们能生活在和平年代感到庆幸。

中山陵是孙中山先生的陵寝。整个建筑群依山势而建，逐渐升高，融合中国古代与西方建筑之精华，庄严简朴。沿着一级级台阶向上，我们了解中山先生的博爱思想和民族、民权、民生主张，仿佛复习了一段中国历史，感受到中山先生的伟大功绩。站在高处，看到紫金山上郁郁葱葱，南京城就在不远处，感觉南京自古钟灵毓秀。

对于古都南京的历史，一路上导游进行了详细的介绍，我们涉足的也仅限于此。我想，繁华的南京城经过一代又一代人的建设，一定有许多精彩之处。而我们因为时间的关系，这一天的行程，更像是接受爱国思想教育的旅行。南京的另一些精彩，我们也唯有以后有机会再来感知。

傍晚时分，我们离开南京到达无锡，大巴车穿过无锡这座城市，我感觉这里绿化特别好。一路上，绿树如河流纵横，街道干净整洁，给我留下了美好的印象。我们在清名桥景区下了车，一下子就被古色古香的建筑吸引住了。

清名桥是无锡古运河上最著名的景点。

古老的运河两旁，白墙黑瓦的古民居，高高低低，参差排列。傍晚时分，天光映照，波光粼粼。欣赏间，夜色降下来，民居上的红灯笼一串串亮起来，高高低低，映在河道两侧，河面上各色灯光映照，五彩斑斓。河上时不时有灯火灿烂的船只载着游人悠然行去，如行在画中，特别惬意。

沿着运河两侧漫步，看到商业街上文艺的小店，一个挨着一个。而运河的另一侧，民居或者小店前，摆着桌椅，游人可以坐下进餐饮酒，一边休息一边欣赏五彩的运河夜景。凉风习习，一派温润的江南水乡风情。

　　漫步运河两侧，仿佛穿越时空来到了古代。朦胧的夜色，悠悠的河水，五彩的灯光，悠然的人们，让人疑是走进水乡的梦境。站在桥上，欣赏周围风景，不由感慨，江南的美原来这般妖娆！

苏州和上海

第三天早饭后，大巴车一路飞奔，我们来到了苏州。

先去看定园。

导游买票，我们排队进入园中。

了解园中布局后，随导游讲解，移步参观。

相传定园是明太祖朱元璋的军师刘伯温的私人住宅。里面小桥流水，亭台楼阁，布局精美。可以在小桥上漫步，在亭子里休息，在假山旁欣赏流水，在竹林的浓荫里乘凉，在长廊里听风在树叶间簌簌作响。还可以在"蔚为大观"的四合院里了解古人的起居生活，在河道旁观赏金鱼绿荷，在曲曲折折的桥面上欣赏天下第一壶倾身喷水的景观。园内绿树成堆，浓荫遍地，树影婆娑，尽显江南水乡民居的美好与精致。

这样的园子，我觉得非常适合慢下来，惬意地消磨时光。

如果时间允许，在这里待上一天，美滋滋地感受江南水乡的美好，是一种不错的选择。而我们这一天的行程还有苏州游船和上海外滩。我们用了半天的时间浏览欣赏，然后离开定园。

导游说，在苏州游船上听评弹是一种很好的享受。

怀着美好的期待，我们登上了游船。

宽阔的运河上，古色古香的游船缓缓而行，年长的苏州导游从运河的历史讲起。他那富有文化内涵的讲解，让我们一下子进入一种惬意的意境中。苏州的民风民俗在导游的讲解下，化成一种美好生活的场景让我们觉得耳目一新。我们一边听导游讲解，一边时不时望一下两岸风光，古建筑缓缓进入视线，又缓缓隐去。河岸柳青葱葱滋润着眼目。高楼大厦也不时映入视线。我们的游船穿过一座古桥片刻便又遇上一座。这感觉真是美好！

导游饶有趣味地讲解伴着别具一格的方言不时引得我们开怀大笑。跟着导游我们还学了几句苏州方言，见识了吴侬软语的美好。每过一座桥，从桥洞下经过的时候，导游都会让我们欣赏桥洞下面的浮雕画。上面有主题，比如：金榜题名，上面有多个人物，形态逼真。每个桥洞下常常有好几幅浮雕画，场景多样，人物生动。悠悠运河水，似乎承载了太多古典文化精髓，让我们感到江南的丰富与美好。

而苏州游船上美女的评弹，更仿佛天际一道彩虹让我们大开眼界。美妙的音符加上动听的软语，一曲曲道来，《梁祝》《茉莉花》的旋律在运河上悠然飘荡。我们的心如飘在一个柔软的梦境里，觉得江南水乡水美人美文化美，感觉也是这样的美！

依依不舍，傍晚时分，我们来到了上海。

还未看到路标，但见一座座楼房有着不一般的气势，我便向导游求证是不是已经进入上海，导游说正是。

真是一座时尚洋气的城市！见过许多城市的高楼，上海的极不同于一般。才走近便发现，它气势非凡，就像一个雍容华贵的妇人，让人有点小小的震撼。

车至外滩时，这种感觉更加强烈。

沿江的每座高楼都那么富丽堂皇。问导游，说已至外滩，怪不得我心中的感觉那么强烈！已经到了传说中的租界，每一座楼房都别具一格。

下了车，和平饭店就在身边，南京路就在不远处。上了外滩的台阶，眼前更是一亮，黄浦江就在眼前，东方明珠那熟悉的影子就在江对面。江风吹拂，奔波了一天的我们心中格外清爽，我陶醉地欣赏着这座富丽堂皇的城市，欣赏着悠然大气的黄浦江，还有江对面那一座座高耸入云的建筑。

导游告诉我们，晚上我们要去的就是江对面的环球金融中心，楼高492米，地上101层，地下3层，世界最高的平顶式大楼之一，比东方明珠还高。

兴奋地拍照，醉心地欣赏眼前这繁华的一切。曾经在有关上海的电影片子里对上海有过无数次的想象，现在都变成实际场景出现在视线里。我觉得如果用人来形容一个城市，那么，上海实在是一个雍容华贵的贵妇人，时尚，大气，仪态万方。

真想沿着黄浦江一直走下去，看那巨型游船一艘艘缓缓而过。

上海，真是一座世界级的都市！我真喜欢她大气富贵悠然的美！

夜幕降临，我们坐游船过江去环球金融中心。以为江对面只是很狭窄的区域，只是那几座耸入云端的高楼。未想到，过了江，上了岸，对面又是一个繁华世界。汽车奔驰，公交车行驶。原来这就是传说中的陆家嘴。走在环球下面，抬头看高楼耸入云端，仰面拍照，附近的几幢高楼印在天幕上，真是须仰视才见。

每座高楼都灯光灿烂，仿佛是星星聚集成的宝殿。排队上环球，至94层下电梯再上至100层。整个上海像一片灯火的海洋涌在脚下。连东方明珠也在脚下的不远处了。黄浦江在外滩悠然拐了个弯，然后隐在灯火的海洋中。

在环球金融中心上环四周而望，上海的万家灯火仿佛铺在脚下的一张"星光"之网，我的心突突地像飘在半空中云彩眼里。

兴奋地拍照，小心地扶着玻璃墙向下望，仿佛俯身一跃就会飞下去一样，有种飘忽感。

听到同伴嘴中最多的话就是，真好啊，真好！

向脚下望，透过玻璃，能看到上海的马路上车流如小玩具一般在灯火的河中缓缓流动的景象。

要怎么说呢，导游对环球金融中心的极力推荐终于被我们认可。他兴奋得一脸成就感。而我们早已不知今夕何夕今年何年。遇到了最适合看夜景的好天气，遇到了这么美的夜上海！

回去已是深夜，恋恋不舍地离开，心里完全被夜上海的灿烂灯火覆盖。

乌镇和杭州千古情

　　第四天早饭后，我们去看了杭州的水晶馆，这样到达乌镇的时候已经近上午10点钟。

　　导游刚带我们进入景区，就遇上一个年轻男子在墙那边的竹竿上表演节目。细细软软的竹竿眼看被身着白衣的男子弄得弯成月牙，仿佛瞬间就会折断，却在眨眼间有惊无险地换了个让人舒心的姿势。导游怕我们错过这精彩的表演，就在院墙这边的修竹丛边让我们停住脚步，抬头欣赏。我们恰巧看到了这个精彩镜头。

　　沿着河岸一侧，我们去参观乌镇的民居。有导游相随，一边走一边讲解。我们仿佛掀开小镇古朴的外衣来欣赏它精彩的文化精髓。青石板的小路，木板建成的民居，窄窄长长的小巷子，完全是古时的模样。每经过一户人家，我都细心地向里瞅上一眼。我发现，古朴的建筑里完全是一幅现代的装修，或者地板砖或者木地板，干干净净。有的自己居住，也有许多卖些衣服、包包之类，还有的搞家庭旅馆。外部看去，完全是古时的陈旧模样，而里面已经与现代生活紧密融合。沿着窄窄长长的小巷子，我们参观了江南百床馆、民俗馆、染布坊、江南木雕陈列馆，感受了古时人们生活的追求与讲究。仿佛穿越到了古代，走在古时人们的生活状态与生活场景中。

参观过河的一边，过小桥来到河的另一侧。导游让我们独自漫步，感受乌镇的美好。

沿着青石板小路自由漫步，看到河上游船来往。用手摇橹的村人，载着游客，从河面上悠悠而去。河的那边，黑瓦的房顶高低错落临水而立。有的阁楼甚至伸到水面上，下面用石柱支撑。上面还有人把衣服晾晒在窗外，花花绿绿，一幅安恬美好的生活场景。河岸上，绿树环绕。小路上，浓荫遍地。沿河漫步，一边赏景，一边欣赏河边的小店。美食与小物件精致稀奇，吸引游客的视线。

一边漫步，一边拍照，觉得江南水乡的生活超出我们的想象。一条河，两岸人家，木板小楼，黑瓦盖顶，世世代代，就这样如桃花源一般过着自得其乐的日子。浓荫里的乌镇，真如一幅古画一般恬静自适。

只是，我们到达时正是中午，而印象里的乌镇多是户外旅行社发的灯火阑珊的夜景。若是晚上，一条河，两岸人家，灯火通明，会不会别有一番韵味？

近两个小时的漫步，显然不能满足我对风景的迷恋。导游催促，我只好恋恋不舍地踏着青石板小路，走出乌镇。在门口的乌镇故事小店里买了一件棉麻衣衫，匆匆离开。江南水乡的美好，已然随着脚步留在心中。

到达杭州宋城的时候，已近演出时间。匆匆进场观看演出，一下子便被现场实景震撼！尽管我已经看过《三亚千古情》，了解了千古情的风格，还是觉得杭州宋城的千古情特别唯美。

整场演出采用先进的声、光、电等手段，以出其不意的呈现方式表现良渚古人的艰辛，宋皇宫的辉煌，岳家军的惨烈，梁祝和白娘子许仙的千古绝唱，也把丝绸、茶叶和烟雨江南表现得淋漓尽致。这是一场真正的视觉盛宴！

那唯美的场景，那精湛的演技，让人赞不绝口。

演出结束后在宋城里参观游玩，同伴们莫不觉得精彩。我们在《清明上河园》的动态长幅前反复欣赏。参观科技馆，玩了"斗蟋蟀"，在丛林迷宫里一步步探索，还在园子里观看了几个实境演出，《丽江恋歌》《包公怒铡陈世美》《仙女散花》一个比一个精彩。满园的游人围着锅庄跳舞，脸上洋溢着说不尽的开心和兴奋。

　　欢乐的宋城里，一场场演出让我们目不暇接，流连忘返。

烟雨西湖

第五天早上去游西湖的时候，天公不作美，下起了急雨。于是，我们的眼中便看到了湿淋淋的西湖。苏轼写西湖："水光潋滟晴方好，山色空蒙雨亦奇。欲把西湖比西子，淡妆浓抹总相宜。"也许烟雨西湖更难得吧，我这样安慰自己。

坐船游西湖的时候，湖面波光涌动。湖周围烟雨蒙蒙，远处的山被丝丝轻云缠绕，如仙景一般。天是灰的，水汽饱满，湖是灰的，水光相映。烟雨江南，一幅水墨画的意境。

我们坐在游船里听导游介绍西湖的景点，西湖的故事，西湖的诗词，我想象着当年苏轼泛舟湖上的场景与心情。觉得现在自己能置身其中，体味山色空蒙雨亦奇的意境，真是别样幸福！为了看清西湖全景，我特意走出船舱，来到船头，看周围水光迷蒙的意境。觉得西湖之美，名不虚传，山色空蒙如展开的画卷！

站在船头，痴痴欣赏西湖风景。经过"三潭印月"时导游特意指给我们，果然如人民币上的样子。其实我很早以前就了解过这个景点。它原是苏东坡设置的测水位的水利工程，我们能看到的也不过是三个小葫芦样露在水面的设施，三足鼎立在水面之上。船游西湖，时时会看到小桥如画样倒映在水面，与蒙蒙烟雨织成一幅奇特的画卷，美好之极！

及至上岸我仍恋恋不舍。打着雨伞迈步西湖岸边的时候，又觉得湖边漫步也挺享受。西湖边的绿化特别好，古老的大树遮天蔽日。树上绿苔成泥，竟又生出新芽。遍地的绿色让人心生清爽，雨后新绿让人更觉舒服。一边赏西湖，一边迈步各个景点，看荷的绿，桥的奇，如行在画中，让人陶醉。

虽然坐船游了西湖，看了三潭印月，漫步岸边，赏了曲院风荷。遗憾的是没有在苏堤上漫步，便要急匆匆离开。导游说我们可以车游杨公堤。一路几次从桥上飘移，有惬意的惊喜，却仍觉得西湖应慢下来，一点点去漫步、去品味、去琢磨、去体会。烟雨西湖，意境特别柔美。每次想起来，都觉得心中仍湿漉漉的一片温柔。

离开西湖，傍晚时分我们到达西溪湿地。夜色朦胧，路上遇到许多晚饭后散步的行人。一些同伴可能因为疲累，不愿意下车，未看清湿地的真面目，导游便带着我们开始返程。我们的华东五市行就这样画上了句号。

回想此次行程，脚步匆匆，走马观花一般有些仓促。然而久已向往的风景能够初识，便是一种很美好的幸福。所以，华东掠影，匆匆亦是美好。上有天堂，下有苏杭。若有机会，愿再来一点点体味江南的美好。

白居易曾说："江南好，风景旧曾谙。日出江花红胜火，春来江水绿如蓝。能不忆江南？江南忆，最忆是杭州。山寺月中寻桂子，郡亭枕上看潮头。何日更重游！"

江南好，何日更重游！才回到家乡，我便再一次渴望起来。

第八辑　天蓝地绿大东北

那是一片神奇的土地，曾经的北大荒已经变成了北大仓。这里森林丰富湖泊漂亮，令人向往。

山海关与东戴河

东北对于我来说，是个既熟悉又陌生的地方。

说熟悉是因为中学时代我很爱学习地理，对东北有一些了解，说陌生是因为这些年我始终没有去过东北。为了弥补这个遗憾，暑假我和几个朋友，跟着户外旅行社开启了环游东北的旅行。

2018年7月6日下午2点，我们从焦作乘车出发，一路北上，经秦皇岛北戴河，第二天早上到达山海关。这是我们此次出行要参观的第一个景点。

山海关素有"天下第一关"的美誉。因其北倚燕山，南连渤海，在山与海之间，故得名"山海关"。

山海关不仅是一座关隘，更是一个城池，包括卫城、关隘、城台、敌台、烽火台等，是一座完整、严密、科学的古城防建筑群和军事防御体系。

它的中心关城城墙高大坚固，有四座城门：东边是镇东门，西边是迎恩门，南边是望洋门，北边是威远门。镇东门又名"天下第一关"。

我们从高大雄伟的迎恩楼城门进入园中。入园后买票先上迎恩楼，欣赏它的恢宏气势。然后沿着宽阔的城墙一边居高临下欣赏园中建筑，一边兴奋地向前去。天色阴深，黑云压境，似乎为了让我们明白大军压境时山海关一夫当关万夫莫开的雄伟气势。园内一群群灰色的古建筑高低错落。环城的几座城楼四角翘起古色古香。每一座城楼都经过精心布置。

我们在城墙上一直走到望洋楼才下来，之后乘坐景点观光车在山海关城内游玩。在王家大院我们了解古时人们的生活状况及民居婚俗，在"天下第一关"，也就是镇东门，我们根据古地图更加细致地了解了山海关的布局守防，被山海关的雄伟气势所震撼。从镇东门出来，我们在关城中漫步古街，感受关城人的生活，登上钟鼓楼，体会山海关的雄奇与古朴。古色古香的关城与巍然大气的城楼给我们留下了深刻印象。

参观山海关，看到山海关与长城相连，以城为关，气势非凡，守护着华北，我们的心中真为古人的智慧和中华文明感到骄傲和自豪！同时也为自己此次出行，把中学时在历史书上背记的"山海关"一词变成了丰富具体的场景感到欣慰。

离开山海关，我们又去了老龙头长城。老龙头距离山海关4公里。明朝时的长城东起老龙头，西至嘉峪关，横跨崇山峻岭，蜿蜒如一条巨龙入渤海，故长城之首称"老龙头"。老龙头由入海石城、靖卤台、南海口关和澄海楼组成。澄海楼高踞老龙头之上，楼上有明朝大学士孙承宗题写的"雄襟万里"和清乾隆皇帝题写的"澄海楼"匾额。

在这里，我们欣赏长城的雄伟与大海的辽阔，也了解了总署兵营的布置与生活状况，再次感受山海关的险要与镇四方的显赫威名。大海与长城相映成景，成为一种独特的景致。

下午我们去往辽宁葫芦岛东戴河风景区。在绥中农家宾馆放下行李轻装前去海边游玩。没想到竟然来到碣石海滨浴场。曹操有诗曰："东临碣石，以观沧海。"旁边就是碣石公园遗址。我和几个伙伴兴奋地来到海边，与大海亲密接触。天也作美，没有毒辣的阳光，满天云朵绵软点缀天空，浪花阵阵，好不惬意！

这一天里我们参观了山海关，又来到了离山海关并不遥远的辽宁绥中县东戴河。从河北进入辽宁，真正地拉开了东北行的序幕。

幸福的阿尔山

去东北之前,我对阿尔山没有一点概念,只是想,既然户外旅行社安排了这个景点,一定有些理由。在百度上查了一下,说阿尔山是国家森林公园。

2018年7月8日即东北行第三天,早饭后我们离开辽宁东戴河绥中县农家宾馆,沿着京哈高速北上,一天的时间几乎都在卧铺车上。过通辽向阿尔山行进的路上,田野广袤,土地肥沃,玉米长势喜人。偶尔有一些草场,不时看到羊群与马群。

阿尔山有多远呢?一路上,人迹稀少,偶尔有一些村庄,房子低矮,很少见到繁华的都市。夜里高速路禁行的时候,我们住宿在卧铺车上。

第四天黎明大巴车继续一路向北,八九点钟,我们终于来到了兴安盟的阿尔山国家森林公园。

阿尔山国家森林公园位于内蒙古大兴安岭山脉西南麓。这里林海苍莽,地貌独特,有火山爆发时熔岩流淌凝成的石塘林和天池。

我们坐着景区公交车先去驼峰岭天池。在景点下车,沿着一级级木栈道向上,我们一边欣赏着阿尔山的苍松翠柏,一边时不时在林海中驻足留影。来到山巅之上，看到一池碧水掩映在万木丛中，不禁欣喜万分。驼峰岭天池是一个火山口湖，从山上看，状如一个巨型的大脚印。看不到水从哪里来，又往哪里去，水蓝绿如玉。我们沿着木栈道从不同的方向来欣赏驼峰岭天池的碧绿与美好。一次次在心中惊叹，东北竟有如此漂亮的火山口湖。

从驼峰岭下山，我们去了大峡谷的红河谷。说是红河，其实火山爆发时熔岩冷凝成青褐色，水从漫山遍野的青石上流过，如一条黑色的河流一样。峡谷内火山石遍地，能感受到火山爆发时的情景有多么恐怖。那些火红的岩石冷却后变成青黑色的石块，还保持着爆发时的状态，凸凹不平，嶙峋万状。水过处，激起白色的浪花，黑白分明，是感受火山地貌的绝好教材。

离开大峡谷，我们坐上景区公交车去游杜鹃湖。杜鹃湖是一个火山堰塞湖。没有想到的是杜鹃湖处于大兴安岭森林深处，如倾倒在大地上的一池碧蓝颜料，无比秀丽。正午时分，天空碧蓝，白云成团，蓝天白云倒影在湖面上，天光水色相映，如一幅流动的画卷让人迷恋。

依依不舍地离开杜鹃湖，我们去往石塘林。石塘林是了解火山地貌的又一活教材。景区内，冷却后的黑色火山熔岩遍地，像翻腾的黑色浪花石。另外，还存在着数以百计的熔岩丘，一堆一堆遍布景区。高山柏以其低矮的身躯遍地延伸，显示出顽强的生命力。漫步石塘林，心中会一次次被火山喷发时的场景震撼！

从石塘林出来，我们再次乘坐景区公交车去阿尔山天池。沿着林间石级向上，我们来到阿尔山天池，看到一潭青蓝色的池水安安静静地卧在大森林中，不由再次感叹造物主的神奇。如驼峰岭天池一样，阿尔山天池也是一个火山口湖。不知水从哪里来，看不到水往何处去，只是一潭碧水，如落在人间的玉镜，那么清那么蓝。又仿佛一个秀丽女子，在大兴安岭之中安然睡着了一般。

行走在阿尔山，我们一次次感叹大自然的神奇，天造地设，非人力能及。碧绿的大森林，蓝色的天池水，一次次让人如痴如醉。

后半下午，虽然已经疲累，我们还是去看了地池。地池相比天池小了许多。周围山林环抱，池底一潭浅水，虽没有天池水丰盈，却也如玉一般秀美。

来东北之前，我对阿尔山一点都不了解。一天里我们不停地穿梭于各个景点，在高山、森林、火山口湖、堰塞湖、石塘林之间流连欣赏，才知道阿尔山国家森林公园是一座火山森林公园，地貌丰富，风景优美。这里有青青的大森林，蓝色的天池水，遍地的火山熔岩，是一座天然的大氧吧，实在是美不胜收！

傍晚时分我们来到了龟背岩景区。这是一个还没有完全开发的景区，有着广袤的原始大森林。引人注目的是龟背岩的特殊构造，喷发的熔岩流表壳由于冷却收缩作用而形成不同方向的裂隙，呈网状，形似龟背，非常独特。

在阿尔山游玩了一天，晚上我们住在龟背岩的龙泉湖酒店，夕阳照林，天色如画。那一晚住宿林中，安安静静。我喜欢极了这静谧的森林之夜。

第二天早上，我很早便起来了。看到外面雾气迷蒙，远山如仙景一般，我不由迈动脚步走向森林。早有伙伴在林间草塘摄影，随便拍一张照片都如诗如画。山美水美草美林美，空气也是净化了一般润泽。每次想起来仍无比陶醉。

阿尔山一日，我感觉特别幸福。在大美的风景中行走，虽然疲累，却觉得特别值得。大兴安岭的绿色大森林与阿尔山的火山熔岩和天池水，像一幅浓浓的油彩画，色彩明丽，印在了我们的心中。

去往满洲里

满洲里原称霍勒津布拉格。1901年，沙俄在我国东北境内修建的东清铁路西线竣工。因为霍勒津布拉格地处通向满洲的第一站，俄国人把这里称为"满洲里亚"，音译成汉语把尾语去掉便成了满洲里。而当年的伪满洲国实际上包括蒙古东部和东北三省除旅顺、大连以外的地区，首都在吉林长春。

网上查资料，满洲里位于内蒙古呼伦贝尔大草原腹地，西邻蒙古国，北接俄罗斯，是中国最大的陆运口岸城市。

2018年7月10日早饭后我们离开阿尔山龟背岩景区，准备去往满洲里。途经阿尔山火车站，停留了近半个小时。阿尔山火车站是一幢东洋风格的低檐尖顶二层日式建筑。据说这可能是中国小火车站中最漂亮的一个，有点像瑞士的车站。我们一行人在外面拍照留念，然后走到小站里去参观，里面空间不大，一个小窗口竟有不少人，不知是游客还是乘客。

离开阿尔山火车站，一路草场丰茂。我们的卧铺大巴车穿越呼伦贝尔大草原，去往满洲里。

沿途看到哈拉哈河在路边的草场中相伴相随，草肥水美，心情愉悦。

渐渐水越来越少，草场时而丰茂时而稀疏，偶尔有牛羊群。人迹稀少，竟似穿越无人区。

中午在草原中的饭店吃了饭，然后继续一路向北。

午后3点左右我们才到达满洲里国门景区。

满洲里又称"满里"。国门，是位于满市西部中俄边境处我方一侧的乳白色建筑，庄严肃穆。在国门乳白色的门体上方嵌着"中华人民共和国"7个鲜红大字。上面悬挂的国徽闪着金光。国际铁路在下面通过。我们在国门景区前照了相，然后在园里参观，看到了中俄互市贸易区，逛了俄罗斯超市和免税区。

傍晚时分，我们来到满洲里市区，在早已预定好的江南春酒店放下行李。酒店就在北湖公园旁边，晚上欣赏满洲里夜景，特别方便。夜幕降临，市区大街两侧的欧式建筑和蒙式建筑华灯绽放，整个天空下灿烂辉煌，特别漂亮。我和朋友在一个特色小饭店点了些菜，一边休息一边享用东北美食。

晚饭后我们打车去套娃广场看夜景。套娃广场上五彩斑斓的彩灯炫人眼目，极具俄蒙风情。

第二天早上我们5点起床，去北湖公园逛了一圈。中午再去套娃景区游玩。

套娃景区，以满洲里和俄罗斯相结合的历史、文化、建筑、民俗风情为理念，集吃、住、行、游、购、娱为一体，是一座大型俄罗斯特色风情园。套娃酒店就坐落在套娃广场，看起来特别漂亮。酒店非常有特色，主楼是一个巨大的套娃，酒店内设施具有俄罗斯特色。

在套娃酒店的大厅里我们看到了极其辉煌的彩画。这些彩画把酒店装扮得富丽堂皇。

园区内有俄罗斯大马戏，虽然我们没有观看，但还是觉得套娃景区别具一格的风情让人难以忘怀。

在满洲里游玩，特别休闲。从国门景区到套娃广场和套娃大酒店，随处可见俄蒙风情的建筑和俄罗斯美女。或者购物或者赏景，非常轻松。一直到下午近5点我们才离开这个具有中俄蒙三国风情的小城。

大兴安岭中的满归镇

这几年旅行，若时间充足，我喜欢跟户外旅行社出行。大美风景在路上，一路走来一路看。遇到好风景，能随时微调整。一车爱玩的旅伴，看风景各有偏爱。许多人是摄影高手，常常可以学到许多摄影知识。有时候遇到困难，大家齐心协力克服，也是一种历练。而且一般不进购物店，纯玩的团，清简也喜欢。

这次东北行因为路途遥远选了位置在窗边的卧铺。一路上半躺着，任自己的心在窗外的草原与森林中放飞。颇是比较合心意。

离开满洲里套娃广场，我们去往漠河。一路穿越草原与森林，大家兴致盎然。未想到大巴车的轮胎被扎，来东北骑行的河南老乡发现后拦车告知，司机和领队去市里修车。

有惊无险，大家非常感谢骑行的老乡。时间尚早，我们在大兴安岭森林的路上徒步向前，一边走一边欣赏风景。

中学时学地理，抱着地图册看到的只是大兴安岭森林的小图标，现在呢，却是青青葱葱无边无际的落叶松与白桦林。早有爱美的旅伴在林间摄影，我们也喜悦地拍照。阳光明丽，林青叶绿，森林的气息充满肺腑，大家特别开心。走着看着，发现一条大河掩在森林之中，水流湍急，很有气势。

穿越呼伦贝尔大草原时因为天气的关系，一些伙伴没能在草原上尽情摄影。现在仿佛弥补那时的遗憾。我们一行人一边走，一边赏景，仿佛置身绿色的大森林一样，觉得无限风光与滋润。

欢喜间，领队传来消息，说修车回来途中，因司机手续的问题被警察扣留。

一波三折！

无奈之下领队让大家拦车分批撤回根河市满归小镇，住宿满归小镇农家宾馆。都说东北人是活雷锋，拦车时，所有的司机都很热心。我们乘坐的是一辆中巴车，车上客座正好空着，讲明情况，司机满口答应，我们的心中涌动着满满的感动。

因为手续的问题得不到及时解决，我们只能耐心等待。我在网上查了一下资料，满归镇处于寒温带原始林区，春夏秋气候湿润凉爽，空气清新，特别适宜旅游、休闲、度假、避暑，被誉为"中国第二北极村"。位于大兴安岭腹地北部，内蒙古之北，是国家大型二档森工企业满归林业局驻地，镇上居民多为林业职工。

早上起床，领队建议我们去附近的凝翠山爬山。

沿着陡峭的山间石级一级级向上，没多久就觉得非常累，幸好石级两边即是丰茂的花草。正值夏季，草绿花艳，格外悦人眼目。向上去，密密的白桦林被风吹拂，送来一阵阵喧响，满目翠绿，心里觉得特别舒服。走走歇歇，我们来到了山顶，站在山顶的小亭子里回头看风景，觉得眼前的一切真是漂亮！

远处，山峦起伏，白云悠悠，近处，激流河在山下弯弯曲曲地流过。山坳里，满归小镇齐整整的房子排列有序，看起来像画幅一样精致。早晨的太阳升起来把大地照得金灿灿一片。山风吹拂，我的心里竟忘记了一路的匆忙，有了非常舒服的闲适。

虽然因为特殊情况，滞留在此，然而早晨的山景如此美好，我们早已忘记一切烦忧，心中有了记忆深刻的美好感受。

鸡冠之北的赞歌

2018年7月13日午后，经过多方协商，留下一名司机处理手续的事情，另一名司机开车载着我们继续前行。

离开满归小镇，我们一路北上，穿越大兴安岭森林，前往漠河。

5点左右，我们到达漠河城区。天空浓云密布，下起了小雨。

我们在北极星广场附近下车，去北极星广场参观。在这里短暂停留，欣赏，拍照。

北极星广场位于城区高处，非常空阔，北极星的标志高高地耸立在广场入口处。站在广场上远望，一座具有俄蒙风情的小城出现在视线里，没有特别高的楼房，整个小城整齐干净。

短暂地停留之后，继续向北，今晚我们要住在北极村。

天色朦胧时，我们终于来到了北极村。购票进入村子，找到住处，放下行李，在北极村农家就餐。一大碗猪肉炖粉条滋味厚重，农家的烙饼，农家的汤饭，真正的北极人家家常饭，让我们感到浓浓的家的味道。

饭后洗漱休息，农家住处非常宽敞。一间屋子两张床相距几米远，洁白的床单叫人觉着安心舒服。街上异常安静，躺在床上，一觉便已天亮。

醒来看表不过才4点。天已大亮，周围寂无人声，掀开窗帘向窗外瞧，发现窗户外边菜畦整齐，黄瓜豆角青青葱葱。旁边的尖顶小木屋干干净净，一切都仿佛是童话中场景，听不到人声，我疑心自己是真的来到了童话世界。

　　早饭后，我和伙伴沿着村中的水泥路欣赏街景。看到街道两边客栈皆与北有关。什么"相约北极""北极人家""最北客栈"等。全是低矮的尖角木屋，或大或小，没有高层楼房。一路看一路走，不久来到了滨江路上。遇到一个早起的旅友已经逛了一圈回来。三个人一起沿着黑龙江江边赏景，看到江水水势浩大，几乎漫到岸边。觉得黑龙江真如一条黑色巨龙。

　　江对面便是俄罗斯。山上林木葱茏，隐约有几户人家，与北极村隔江相望。阴郁的天空，湍急的江水，漫步江边觉得一切都那么新奇。

　　沿江行走，然后回到滨江路上，来到七星广场，拍照欣赏，然后坐景区公交车去鸡冠广场游玩。

　　一路上江风吹拂。司机一边开车一边介绍经过的景点："最北一家""最北哨所""最北卫生间"。来到北极村，最吸引人的话题就是与北有关的事物。

　　在景区下车，在江边看到黑龙江水流湍急，我们在台阶上蹲下来洗了手拍了照，觉得挺自豪。未想到，回来时，那几级台阶已经被河水淹没，景区已经被封。

　　在鸡冠广场不远的北字广场，我们一边欣赏风景，一边寻"北"。广场里到处都是掩映在草丛中的"北"字石刻。这儿一个那儿一个，大家打趣，在这里我们终于找到"北"了。

　　在这里哪个方向都有"北"字。林青草绿，红色的"北"字石刻特别醒目，我们拍了许多照片。我想，这快乐已经永远地印在了我们的心坎上。

　　北极村是一个村子，属于漠河。这里没有高大的楼房，全是低矮的

157

尖角木屋，一如童话里的小房子。村子朴实温馨，到处是客栈。家家都靠给旅客提供食宿生活。这里属于寒带地区，日照时间太短，不长粮食，许多蔬菜还得从外面进货。有时候黄瓜竟要6元一斤。幸运的是我在街上遇到一个卖菜的村人，刚从家里摘了黄瓜，只卖1元5角一斤，我买了几根，特别爽脆。

离开北字广场，我们坐电瓶车又去看了民俗博物馆、最北哨所。中午时分，来到最北邮局。参观之后，在旁边的饭店点了一锅东北排骨铁锅炖。软糯的土豆块，香咸的玉米棒，美味的大排骨，一下子让疲累的身体感到了温暖与轻松。

北极村一日，是快乐的一日。如行在童话里，走在祖国的最北端，看了景，吃了饭，找了"北"，欣赏了湍急的黑龙江水。最北人家，最北客栈，最北邮局，中华北陲石碑如一幅简约画印在了心中。

离开北极村，领队带我们去北红村。我们都以为自己在北极村已经找到了北。却不想，离北极村不远还有一个完全未开发的小村子，叫北红村，比北极村还要靠北。

这是一个更加朴素的小村子。朴素的街道，朴实的村人，我们的到来似乎干扰了村人的生活，他们的眼睛里充满了不可思议，有村人说，你们跑那么远来这里有什么好看呢！

他们不知道其实我们就是为了寻找祖国最北端的风光而来。在北红村的村外，我们找到了中国名副其实的最北哨所——北红哨所，就在黑龙江边上。

隔着江水，对岸就是俄罗斯的山。山上林木葱茏。天空时而雨时而晴。夕阳下，雨后的天空竟出现了一道彩虹。真正的一座彩虹桥！只是彩虹桥桥顶被云遮住，又见两端彩虹在天空显现，一边在俄罗斯，一边在中国，景象奇特。这里的彩虹竟然还有北极光的辐射状！

在北红村村外的瞭望台上，看俄罗斯，山青林茂。看中国，田地俨然，白云悠悠，仿佛一幅画。站在江边，看黑龙江江水丰沛流急。在北红哨所旁边，还有一个看起来非常普通的小兵营。在村子里，我们还见到北红村的最北小学。

在祖国之北，我们一次次感受这里的一切。当年抱着地理书背诵的最北点已经真实地踏在脚下。对这里的一切都有了真实印象。真为祖国之大之美由衷地感到自豪！

从黑河口岸去往俄罗斯

　　傍晚时分，离开中国最北村庄北红村，我们去往黑河。

　　路途遥远，晚上我们住在车上，宿兴安岭林中。如果说从家乡出发开始，我们一直在北上，到达北极村、北红村仿佛到达一个抛物线的最高点。那么现在，我们正从抛物线的最高点折回南下。

　　大兴安岭林深树茂，天蓝云白，风景特别美。我们午夜停车休息，晨起及早赶路。卧铺大巴日夜兼程，走过当年慈禧进京的许多驿站口，在又一个傍晚降临前来到了黑河口岸。

　　在这里，我们要出境俄罗斯。安排好晚上的住宿，联系好第二天出境的旅行社，换了1000多卢布。时间尚早，我们沿黑河市的大街去江边公园欣赏风景。天空晴蓝云朵绵白，如画一样纯净。

　　在江边公园，我们再次看到了水势浩大的黑龙江。江面宽阔，江水浩荡，令人震撼。夕阳西照，绵软的云朵上金光灿灿，仿佛幻觉一般。

　　休闲的人们越来越多。天色渐渐暗下来，江对岸华灯初放，隔江相望的俄罗斯渐渐变成灯光的海洋。夜色渐深，那灯光倒映在江面上，悠悠忽忽，像摇曳着一串串长长的灯链，甚是好看。而江这边，黑河市的岸边也华灯灿然。两个国家的灯火隔江辉映,整个黑河口岸一片辉煌。

第二天早饭后,带着护照去黑河口岸办理出境手续。上午10点左右坐船过江,我们来到了俄罗斯。

路上一个老者教了我几句俄语,什么斯基,现在已经忘记。办理出境手续时,我每次和俄罗斯美女打招呼,她们都抬头向我微笑相应。我一时心中特别得意。

进入俄罗斯,便有专门的大巴车来接我们。一名50岁左右的俄罗斯司机开车,国内的美女导游随团讲解。我们来到的这座城市名叫布拉戈维申斯克,简称布市。我们中国人也叫海兰泡,是俄罗斯历史文化名城阿穆尔州的首府。

正如导游的介绍,布市的绿化果然非常简单,欧洲人崇尚自然的理念,我们有了体验。导游带我们先去参观了火车站,这是一个非常小的火车站,建于1905年,距今已有一百多年的历史,距莫斯科8000公里。车站很小,但四通八达,没有大车站的嘈杂,非常安静。人们称它为俄罗斯远东车站。

小火车站可以随便进入参观。一辆看起来崭新的火车头陈列在火车站一侧,供游人参观,原来这是远东第一台蒸汽式火车头。大家兴奋地站上去照相,我也兴奋地拍影留念。

之后我们便去往下一站东正教堂。大教堂正在维修,我们参观了小教堂。在院子里欣赏教堂建筑的辉煌典雅。拍照休息。

再次上车去往列宁广场。在列宁广场,可以看到一尊列宁全身铜像。这是和本人等比的列宁像。只见他高高地挥舞着右手臂,长长的大衣如在风中舞动。导游说,列宁智慧超群,不但建立了苏维埃红色政权,也曾经影响了中国和世界。

离开列宁广场,我们去参观了胜利广场和凯旋门。胜利广场是布市人民为了纪念反法西斯战争胜利而建立的。凯旋门则是为了纪念沙皇尼古拉二世来到布市巡视而修建。凯旋门的前方就是胜利广场,里面有一座粗犷的无名英雄纪念碑，显得庄严肃穆。还有一个小公园可以供游人参观休息。

看完景点，导游带我们去了几个商店。俄罗斯的玉很不错，套娃玩具也很有特色。我们在一个超市里买了些俄罗斯食品。

害怕入境时拥挤，下午4点多，我们坐船入境回到了黑河。

俄罗斯一日游，坐船过江，真正体会了一眼看两国的边境线风景。中午在一个俄罗斯餐厅吃了西餐，感受了俄罗斯的美食。在路边买了一杯格瓦斯饮料，甜丝丝的，才15卢布，相当于人民币两元钱。

在我看来，布市是一个简朴的城市，有着干净的环境，放心的食物，友好的市民，非常普通。

回家来查资料，却是这样介绍：阿穆尔州是俄罗斯著名的粮食产地，粮食、牛奶和肉的产量很大，有俄罗斯"远东粮仓"的美称。布拉戈维申斯克是俄罗斯远东第三大城市，出产黄金，水资源十分丰富，煤炭、铁矿、木材储量巨大，在远东地区占第一位，石油、天然气、陶土的储量也十分可观。该市也是阿穆尔州的教育中心，现有高等院校6所，中等专业学校15所，学习气氛非常浓厚，有"学生城"之称。著名的宇航员加加林就诞生在这里。这里也是俄罗斯远东地区重要的边贸口岸和港口。

珠串样的五大连池

离开黑河，一路南下，我们去往五大连池。

到达五大连池时，天色阴郁，刚下过一阵小雨。买了船票，我们去白龙湖游玩。

五大连池是联合国教科文组织批准的世界地质公园。这里有两座大的火山，一座叫老黑山，一座叫火烧山。这两座火山爆发时的熔岩把一条古河堵塞成了五片水域，所以叫五大连池。

我们游的白龙湖其实就是五大连池中的三池。这里水域宽阔，坐在船上，风驰电掣，欣赏湖景，非常惬意。水平如镜的湖面上偶尔有鸥鸟飞过。我们在湖的尽头下船上岸，走上木栈道，体会水上漫步的快乐。湖边的森林郁郁葱葱，听说林下有许多奇特的石头，只是现在禁止人们进入森林。湖岸边，随处可见火山熔岩冷凝后的黑色岩石。石间杂草丛生，与水边芦苇，岸上林木相互映衬，别有一番火山地貌上的葱茏景致。

坐船返回，我们去了另一个火山地貌区欣赏。这里全是火山熔岩冷凝后的产物。随处可见黑色的石块，水花样翻滚凝固。

我们坐电瓶车行驶了很长的距离。了解火山地貌，这里是真正的实感教材。漫山遍野，高低起伏的火山地貌有个好听的名字叫石海翻花，顾名思义非常贴切。

我们漫步在石海中的栈道上，或者走进嶙峋的石海中，能想象出当年火山爆发时大自然的威力，火红的岩浆是怎样从地下钻出来到处流淌，烧焦了一切，冷凝成现在的黑色岩石。大自然的威力，我们人类早就领略了。现在迈步其间，感知火山爆发的情景，就像走进了一本真实生动的大教科书里，有着谁也描摹不尽的生动和形象，质感粗糙令人震撼！

下午我们去老黑山，了解火山口的状况。

老黑山山如其名，远看如一个大的黑色山丘。走近了发现黑色的山体上青色的树木杂草相间。一如沉睡了的动物，暂时藏起了它的狰狞与凶恶。

沿着山中石级，我们向上攀登。身边树木葱茏，褐色的树干，黑色的石级，青葱葱的森林，色彩分明。刚下过雨，林中湿漉漉一片，棕红色的松针在石级旁铺展一地，伙伴喜欢踩着松针前行，说松软软的比石级舒服。我则喜欢沿着石级向上，那台阶可能是就地取材，用黑色的火山石加工而成，抹了黑漆一般叫人觉得踩上去会沾满双脚，其实一点都不会沾染。

林中绿叶婆娑，落叶松与白桦林遮天蔽日，走累了抬头满目青葱。

一直到山顶，森林才退出舞台。火山口像天空下的巨型漏斗出现在视线里。

漏斗内没有水，能看到底，不是深渊。流质样的黑色碎屑像煤灰一样从上到下呈流泻状。这就是老黑山火山口。

火山口很大，绕一圈需要些时间。我们在高处欣赏拍照。山风挺大，天上的灰云被风吹散。向远处望，山下的五大连池水面闪亮，像珠串一样看起来挺漂亮。

很庆幸风吹云散，让我们看到了这幅美景。山下一片白、一片青、一片黄。白的是湖水，青的是草地和庄稼，黄的可能是油菜花吧。整个大地像一块色彩斑斓的画布，令人觉着美好。我们在老黑山的火山口不仅看到了火山口的奇特地貌，还欣赏到了五大连池在远处铺展的美好画面。

由于时间关系，我们匆匆下山，心中却无限满足。能够遇上不一般的美景，这是旅客心中最大的收获。

在山下，大豆田一望无际，枝肥叶绿。说明五大连池不仅火山地貌独特，还有良田万顷，资源丰富。

资料上说，算上老黑山、火烧山，这里一共14座大小火山。在豆田旁，我们就可以望见好几个，这些大地上涌起的小山包，依次出现在天空下。远远望去，特别有画面感。

五大连池天然冷矿泉水也非常有名，是世界三大冷矿泉之一。午饭后人们曾兴奋地带着水杯去接泉水，当作东北行路上遇到的又一宝贝。

向往中的哈尔滨

我其实一直很向往去哈尔滨。因为在资料上看到过哈尔滨的冰雕，晶莹剔透，洁白如玉，像梦幻王国。

可惜我们来的时候是夏季。夏季的哈尔滨有什么好玩的呢？

领队推荐的是中央大街、圣索菲亚大教堂和太阳岛。

到达哈尔滨已经是夜里。安排好住宿，简单洗漱，已经近11点，我和同伴还是出来走了走。

因为小时候王刚播音的《夜幕下的哈尔滨》对我们影响太深，我特别想看看哈尔滨的夜景。

白天的热气已经退去，微微的夜风吹着头发，非常凉爽。沿着宾馆门前的大道，我们向中央大街的方向走去。可能夜深人静，我们只是偶尔遇见一些年轻的小情侣享受着自己的安逸时光。上前询问，他们总是非常热情地给我们指点方向。

终于来到了中央大街。朦胧夜色中一条非常有情调的大街！街上行人不多，特别的花岗岩地砖一块一块拼在一起，有种简约的感觉，又觉得特别细致。不知怎么回事，我总觉得中央大街的地砖非常特别，心中有种莫名的喜欢。

路两边的树木青青葱葱。树叶下，金黄色的夜灯泛着温和柔情的光芒。迈步在这样的大街，一天的疲劳瞬间隐去，一种温软的柔情漫上心头。

走到大街尽头拍了标志，折回来。路面的反光合着树下的灯光让心情变得悠远迷离。街两边一个个店铺名字别致，秋林里道斯的门面有好几个，只是种类不同，欧式风情建筑遍布大街两侧。

朦胧的大街上，我和同伴欢喜地走着、看着，夜幕下的哈尔滨果然别有一番情致！

回去的时候已经12点多，打了辆车，一会儿就回到了宾馆。

在网上搜了一下资料。

哈尔滨中央大街是目前亚洲最大最长的步行街。中央大街最具特色的就是整条大街由方石铺成。1924年5月，由俄国工程师设计并监工，方石每块长18厘米，宽10厘米，其形状大小就像俄式小面包。石面呈浑圆型，一块一块，精巧，密实，光亮。路面铺得非常艺术。在中外道路史上极为罕见。据说，当时的一块方石的价钱相当于一块银圆，而一块银圆够一个穷人吃一个月。中央大街足有一公里长，整条街大约铺有方石87万块，真可谓是黄金铺路。

"没有到过中央大街，就不能说来过哈尔滨"，这是中外游客对哈尔滨中央大街的评价。街道两旁的建筑全是欧式和仿欧式，这些建筑涵括了西方建筑史上最有影响的四大建筑流派，五步一典，十步一观，体现了西方建筑艺术的精华，使中央大街成为一条建筑的艺术长廊，成为远东最著名的街道。

有名人说过，路就是书。迈步中央大街，真像翻开一本滋味丰富的书籍。怪不得我会有那样特别的感觉！

第二天，早早起床洗漱，我们再次来到了中央大街欣赏它的真实容颜。

早晨的中央大街很清静，许多店铺还未开门。几个伙伴兴奋地拍照。

我则更喜欢悄悄享受中央大街早晨的清凉。

浅色的花岗岩方砖精巧地铺满大街，两侧树木青青，店铺林立，一派欧式风格。不时出现一些特殊的名字让人觉得特别有情调。

我们从中央大街去往圣索菲亚大教堂，虽然知道它在维修，还是不甘心地去看了看，果然不能进去。听说这是远东地区最大的教堂，建筑很有特色。

回到中央大街，人越来越多，店铺一家家开了门，我们在一个超市里买了些吃的，还专门买了一个马迭尔冰棍。这里到处有马迭尔的名字，马迭尔冰棍，是哈尔滨中央大街的特色冷饮。"甜而不腻，冰中带香"，且无膨化剂。有人说到哈尔滨不品尝马迭尔冰棍，就相当于到了北京没有去长城和故宫。味道真的挺不错！

夏日东北的天也是一张小孩子的脸，说变就变。常常说下就下，非常任性。看过了中央大街的夜景，晨景，又遇上了雨景，打着雨伞迈步中央大街，体会另一种风情也是挺好的享受。

虽然下着雨，可是街上的人还是越来越多，挤挤挨挨到处都是游客。

中央大街的另一端可达松花江。

我们来到江边，正遇上松花江上的喷泉开放，有士兵护江，大概怕人们拥挤坠入江水中吧。一柱喷泉竟有60多米高，那江水在高处散开落下甚是壮观。

看过喷泉，我们买了船票去往太阳岛。其实早就听过《太阳岛上》这首歌，可是并不知道太阳岛就在哈尔滨的松花江边。

坐着游船，行驶在松花江上，耳畔想起那熟悉的歌词：明媚的夏日里天空多么晴朗，美丽的太阳岛多么令人神往……优美的旋律还在心中回响，我们便来到了太阳岛上。

真是一个环境优美的小岛！坐着电瓶车我们去各个小景点欣赏。

别致的太阳岛大桥，风格迥异的俄罗斯风情小镇，神秘的太阳城堡，东北抗日联军塑像，一一进入我们的视线。岛上树木繁茂，环境宜人，游客挺多。

　　不知不觉，约定的返程时间将到。太阳岛上还有许多小的景点未涉足。离开的时候有点不舍，坐船回去，结束行程，又感到特别温暖幸福。出行的时候，只是想要去东北看看。一路上，却常常遇到意料之外的好风景。能遇上这些美景，真的已经很知足。祖国之大之美，叫我们从心里感到开心自豪！

美丽的长白山

离开哈尔滨，我们的卧铺大巴继续南下，越过平原和森林，来到了美丽的长白山。

早上，进入景区，乘坐景区公交大巴车去长白山天池。

长白山是一座休眠火山，地貌奇特。天池是中国最高、最深的火山湖，也是世界上最深的高山湖泊，海拔超过2100米，还是我国海拔最高的火口湖。目前为中朝两国界湖。

一路上我对天池有很多想象。然而进入景区，却一直天色阴暗，大雾迷漫。

上山时景区公交大巴车换成小型景区公交车。山高路陡，小型景区公交车仿佛一个更精干的人奋力向上，许久才把我们送到山顶停车场。

一路上，坐车观景，山上林木繁茂。越向上去，林木变得稀疏，到了山顶，已不见树，光秃秃的山上流沙一般夹杂着些石块，非常缺乏植被。沿着小道向山上的天池攀登，游客太多，走走停停，在几个写有天池的石碑前，需要工作人员协助拦截人流，才得以拍张照片，算是有了到天池的证据。

随着挤挤挨挨的人流向上，满眼都是黄色沙石。大雾迷漫，人们都如行在迷宫中，不知道天池在哪，只是随着人流在山顶小道上向上去，仿佛走向最高处便可看到天池。

　　山风劲吹，冷得人哆嗦。雾气奔突，看不清远处，一步一挨到了山顶。游客们挤挤挨挨站在天池护栏外，看不见池子，看不见池水，只见天池边的巨型沙土石块。人们都在等待着出现奇迹。

　　放眼望，发现不远处的山头，雾气被山风吹散，银色的山头露出容颜，仿佛仙境骤现，我感到特别震撼！感叹间雾气四合，一切又被大雾遮掩。

　　伙伴们不愿等待，向前探寻，我紧跟其后，以为有更好的路径。可是走着走着，发现已是下山的小路，看看天气不知道啥时能够放晴，只好随着伙伴们下了山。就这样我们与天池的美景擦肩而过。未识美人面，不免觉得遗憾，及至晚上有伙伴在微信群中晒出正午晴天的天池美景图，心里更觉损失重大。也唯有以后有机会再来欣赏了。

　　这一天的行程还有许多景点。

　　乘坐景区公交车下山去长白瀑布时山下天蓝云白，一派晴明。

　　长白山上的石块如煤炭一般，独具特色。进入长白山景区，便见白色的溪水在黑色的石块上淙淙流过，与青葱的森林，蓝色的天空，棉白的云朵，相互映衬，构成一幅奇特的画卷。寻着溪水向上，远远就看到了长白山瀑布。

　　高高的山崖口上一条白色瀑布在苍黑色的山体间轰然坠落，然后翻腾着白色的浪花滚滚流过青黑色的山石。那水如白玉一样透亮美好。

　　过了一座山间木桥，我们走近瀑布，听瀑布落下的轰鸣。天蓝树绿，在森林中驻足玩味，真是一种很惬意的享受。

　　资料上显示，长白瀑布有68米的落差，从天池北边流出，是我国东北最大的瀑布，为松花江之源。

　　中午时分，游人如织，林青水白，叫人难忘。

　　下山时走到手汤池旁，把水游玩，未想到竟是温泉，热乎乎却不烫手，游客们争相洗手，我亦反复戏水不愿离去。第一次遇上让人这么舒服

171

的手汤池，不免留恋。

　　手汤池旁，还有一大片围起来的温泉水，地势稍低，到不了跟前。远远欣赏着，看水泡从石缝里不停地冒出来，挺有意趣。

　　离开长白瀑布，我们去往小天池。在森林环抱中，小天池池水清冽，湖面不大，山林倒映其中，水如绿玉一般。沿着林间栈道，我们向前去，林深树茂，虽是正午，却一片荫凉。到达绿渊潭的时候，又见到几个瀑布。水从山顶林木中流下来，白如玉带，落在潭中，青绿秀美。让人想起那篇名作《绿》来。

　　我们驻足欣赏，特别陶醉。早上虽然未看清山顶天池，但是绿渊潭这样青绿养眼，滋润心怀，便觉这一日已经足够美好。

　　站在林中看瀑布垂落，潭深水秀，淙淙流去，心里安静舒服，享受之极。

　　沿着林中溪水向前，一边听溪水坠落石缝中轰鸣猛进，一边抬头看身边落叶松白桦林高大青葱的身影，炎炎夏日也变作美好的回忆。

　　去地下森林的时候，身边到处都是高大的林木。看不见天空，如行在绿色的通道中，见到许多新奇的树种。沿着木栈道向前，几次遇到小松鼠在林间蹦蹦跳跳，很机灵的小样子。夕阳斜照，不由想起王维"返景入深林"的诗句，觉得意境美好之至。

　　在我的印象中，地下森林应该是长在石洞内部，我常疑惑不解，没有阳光它们怎样生长。这次见到地下森林，我心中的疑团终于解开。原来低于地平面的山坳里，林木繁茂，高大的落松树与白桦树密密地从坡上到坡底，葱茏密集，也可以这样说，就像一片大森林由于特殊的原因跌下深坑里去了，只是这个坑特别大，里面全是高大的林木。存在心中多年的疑惑终于真相大白。

　　长白山一日，虽然没有看到天池水，但是看到了仙境一般的火山口。欣赏了长白大瀑布，涉足小天池、绿渊潭，漫步地下森林，了解了长白山火山地貌，真的收获了太多，有了太多美好的体验。

　　祖国之大之美再次领略于心。

边城丹东

　　早饭后离开长白山下的二道河镇宾馆，我们继续南下，去往丹东。

　　绵延起伏的山坡森林一路上在车窗外铺展。当大片的庄稼地出现在视线里时，我们已经离开长白山森林进入了丹东。

　　丹东是中国海岸线的最北端起点，被誉为"中国最大最美的边境城市"，也是中国对朝贸易最大的口岸城市。

　　午后两点多，一条宽阔的江面出现在车窗外时，我的心里一阵兴奋。领队告诉大家，我们已经来到了丹东，车窗外的那条江就是鸭绿江。

　　我们的卧铺大巴此时正行驶在滨江路上。早已联系好的当地女导游上了车。大巴车一路沿江行驶，导游给我们介绍鸭绿江的景点。在虎山长城简单驻足拍照，在浮桥广场下车近距离地了解历史真相。

　　再上车过了市里的钢架断桥与中朝友谊大桥，一路奔驰，大巴车去往河口断桥。我们将在那儿坐船游中朝界河鸭绿江，入住江心岛农家宾馆。

　　还未到达河口，路两边出现了高高低低的山坡，坡上坡下全是桃树。美女导游给我们介绍，《在那桃花盛开的地方》这首歌写的就是这里的美景。当年词人邬大为来这里采风，看到漫山遍野都是桃树，桃花开满枝头，便写了《在那桃花盛开的地方》这首歌。由蒋大为演唱，红遍大江南北。

到达河口景区，领队去买了船票，我们坐船去游鸭绿江。

宽阔的江面，清澈的江水，一边是祖国大陆，一边是朝鲜的山坡和庄稼地。

我们站在船头，迎风欣赏风景，能感受到"中朝两国一衣带水，两岸鸡犬之声相闻"的情景。

河口景区对岸是朝鲜的清水郡，我们泛舟江上，每当出现了一些建筑，开船的大哥就会给我们介绍。朝鲜的集体农庄、女子兵营、女子监狱、朝鲜领导人居住的别墅群、军营哨所、清水工业区一一进入我们的视线。我们还看到了放羊的女犯人。和生产队下工的一群路人打招呼，她们竟然挥手回应。

游船过江心的公路断桥，我能强烈感受到当年的隆隆战火是怎样无情地打破了人们安宁的生活。这里的河口断桥就是当年彭德怀司令过江的地方。

江水悠悠，夕阳斜照，坐船游鸭绿江，一眼看两国，了解了许多战火往事。也看到如今两岸人民生活安宁，希望两国人民永远像此刻这样幸福祥和。

晚上，我们住在河口断桥边的江心岛上。

第二天，早早起床，去断桥边的广场上散步。看到毛岸英的雕像，心里不禁一阵心酸。当年志愿军雄赳赳气昂昂跨过鸭绿江，有多少战士血洒战场，未能归还。

彭司令身跨战马面向朝鲜的雕像就在广场中央。两侧分别有一辆坦克和一架飞机。让人感受到当年战火的紧急。而江面上，大雾迷漫，有一个打鱼的人在江上撒网，隐约可见。一名妇女正在江边台阶上洗衣。鸭绿江的早晨，温馨美好。但愿历史的炮火永远消失。

早饭后，我们的大巴车来到了市里的鸭绿江钢架断桥。买票进入景区，在桥上参观。

鸭绿江上的断桥一共3处。河口的公路断桥，燕窝木桩铁路断桥，还有此处的钢架铁路断桥，都是当年援朝时被美军炸毁的桥梁。

桥上有历史资料，一边了解，一边感受当年全国人民抗美援朝的场景，心中感慨万千。

战火已去，唯愿两岸共好，人民生活安宁。

离断桥200米远，就是中朝友谊大桥。一列火车正缓缓驶过。江水悠悠，游人如织。愿中朝友谊长青，愿天下再无纷纷战火，人民永远安享幸福。

难忘大连

离开丹东，我们继续前行，去往大连。

第二天早上到达星海广场。星海广场位于大连市南部海滨风景区，是大连市的城市标志，也是亚洲第一大城市广场。

天气晴朗，海水湛蓝。大连星海广场显得格外漂亮。站在海边，可以看到大连星海湾跨海大桥。

白色的鸥鸟在海边盘旋飞翔。我们在星海广场上漫步，拍照。海风吹送，特别惬意。

这一天里，我们还参观了俄式风情街、中山路万国建筑，去了棒棰岛。

在棒棰岛景区买票乘坐电瓶车去海边，发现景区内芳草青青，海天一色，风景宜人。游泳的人好不欢腾。我们在海边赏景，在森林中乘凉，身心怡然，流连忘返。

傍晚时分，我们来到了老虎滩海洋公园的鸟语林。正赶上节目表演，鹦鹉骑车，算题，用嘴找钱，一个个节目逗得人们开怀大笑。

漫步鸟语林，林深叶茂。百鸟在林中悠闲往来，与人共处，没有一点惧怕的情态。大孔雀，小鸳鸯，黑天鹅，还有许多叫不出名的鸟在鸟语林里悠闲地徜徉。

夕阳西下，鸟儿入巢。整个山林里，鸟语此起彼伏，与淙淙流水相应，园内一派温馨祥和的模样。

离开老虎滩海洋公园，我们去往大连湾客滚中心。晚上我们将带大巴车乘轮渡过渤海湾去往烟台。

7点拿了票，9点多在客滚中心安检上船。未想到轮渡竟有10层楼高，可乘两三千人，大小几百辆车。兴奋中拍了个小视频，竟不知如何形容它的大。

及至上了轮渡，感觉比影片中的泰坦尼克号更加震撼。在8层卧室放好行李，沿着迷宫一样的过道去往顶层，几次走错方向，如堕云里雾中。多次询问，才来到顶层。海风劲吹，顶层有餐厅，广播里一次次提醒旅客顶层甲板上的餐厅里有烧烤可以享用。

我扶着栏杆，遥望海景。海上一片苍茫，而大连市岸边则灯火闪亮。

票上写轮渡10点30分出发，11点轮渡才像个看不到边的巨人离开大连，驶向大海。大连的灯火如灿烂的珠串渐渐远去，我怀着从未有过的兴奋站在船边，凭海临风，满心欢喜，很晚才回去休息。

第二天早上4点醒来，发现窗外已有微光，起床洗漱，然后悄悄来到了顶层甲板上。

昨夜看不清的海景现在已经一目了然。波光闪闪的海面在暗蓝色的晨光中一望无际。海风吹送，特别清爽。甲板上的人还不多，我拍了些照片，静心欣赏这海天相连的壮观景象。天茫茫，海茫茫，一艘超级大渡轮仿佛英雄昂首驶向前方。

船尾的浪花在海上演绎出一条宽阔的水上大道，看起来特别漂亮。天色暗下来，下了一阵小雨，然后又变得晴蓝起来。渐渐地，暗蓝的天空出现了一道玫红的光线。能在轮渡上全方位无遮拦地看日出，将会是多么壮观的景象！

我站在船尾，任海风吹拂，静静地等着，可惜一道红光很快又被天空中厚厚的云层遮住了。

船顶甲板上的人越来越多。清晨的安宁变成了热闹。太阳也仿佛被吓跑了一样。天幕灰蓝，海上暗蓝。我们正在深海。周围一片水茫茫望不到海岸。

想一直就这样在船上欣赏天与海的广阔辽远，想安安静静体会这美好的海上行程。

甲板上的人越来越多。太阳渐渐穿透云雾透出光芒来。海上波光涌动，海岸出现在视线里。5点多，我们进入渤海湾口。烟台出现在眼前。

我贪恋地欣赏着这船上的时光，这美好的一日啊，真叫人难忘！

在网上查资料，渤海玛珠是渤海轮渡股份有限公司斥资近4亿元建造的亚洲最大最豪华的客滚船。船舶总长178.8米，型宽28米，总吨位为3.5万吨。乘客定额为2300人。设有3层车辆舱，车辆舱高度达4.85米，车道长2500米，可载大小车辆300余辆。目前是国内吨位最大、载客数量和载车数量最多的客滚船。

我们有幸乘坐，比当年看《泰坦尼克号》都兴奋。

站在船顶甲板上，面对大海，我们的心里真是特别幸福和自豪！为祖国的日益强大自豪，为我们的造船技术先进自豪，为我们有如此幸福的经历自豪！

愿我们的祖国更加繁荣昌盛！

烟台蓬莱

此次出行的最后一站，是蓬莱景区。

早上 5 点 30 分到达烟台，恋恋不舍地下了渤海玛珠。在附近吃了早餐。我们的卧铺大巴车驶往蓬莱景区。

蓬莱素有"人间仙境"之称。

买票进入景区。沿着台阶向上，我们依次参观蓬莱阁景区的园林和古老建筑。蓬莱阁始建于宋代，经过历代扩建重修，现在景区已经成为非常宏丽的建筑群，主要由吕祖殿、蓬莱阁、三清殿、天后宫等组成。主体建筑蓬莱阁雄居丹崖山之顶，左右有普照楼、宾日楼、苏公祠、避风亭等建筑，众星拱月，与滕王阁、岳阳楼、黄鹤楼齐名。

在蓬莱阁后面的灯楼旁，依着古老的城墙，我们放眼远眺，能看到渤海与黄海的海水参差交错，一片浑黄一片澄蓝。这里是渤海与黄海交界处，传说中的蓬莱仙境"海市蜃楼"奇观就在这里。

半阴半晴的天色，有游人指点，说天晴的时候，可以看到远处的长岛。此时远处雾气迷蒙，所以，只看得清近处的海面，海水蓝黄相交，没有传说中的仙境。

可是，放眼望远，海天一色，海风习习，感觉还是很美。

来到蓬莱景区怎能不登蓬莱阁？寻了许久，才找到上蓬莱阁的楼道，在另一个院子里。上了蓬莱阁，看到楼上游人挤挤挨挨。在楼道的出口处远望，视线果然更加宽阔。若是云雾合适，天上出现幻影，在蓬莱阁上欣赏"海市蜃楼"的仙景，想必一定更让人陶醉。

从蓬莱阁下来，沿着城墙赏景，海风阵阵，特别惬意。当我们走进避风亭的时候，却不再有风。导游说这是因为避风亭内三面无窗，亭北临海处筑有短垣遮护，所以，亭外即使海风狂啸，亭内却燃烛不灭。真佩服古人的智慧。

从蓬莱阁景区出来，我们去了水城，在这里登楼赏景。能看到水门、码头、炮台等军事建筑。抗倭名将戚继光曾经镇守于此。

走出水城，我们来到八仙过海广场旁边的沙滩近距离欣赏大海。赤足涉水，鸥鸟低飞，觅食人们手中抛出的食物，浪花一阵阵冲向沙滩。伙伴们踏浪而乐，我亦陶醉在声声海涛里，欢乐无边。

从海边沙滩上远望蓬莱阁建筑群，临水而立，山水共辉，别有一种奇特的美！

3点，大家陆续回到车上，我们离开蓬莱，结束烟台行。我前几年到过烟台，去过烟台山公园，站在灯塔上欣赏过烟台的海景，今日来蓬莱，虽不在烟台市区，却有一种故地重游的欢喜。

告别此次出行的最后一站，我们的卧铺大巴一路像英雄荣归故里，走上真正的返程之路。十几天的奔波大家都累了，上车不久，就不知不觉进入梦乡。夜里一觉醒来，已经到达濮阳。第二天早上9点到达焦作。我们的东北环行在第19天的中午画上了圆满的句号。

回望东北行

2018年7月6日至24日，我和朋友们跟着焦作户外旅行社去东北环行。

去东北之前，我对东北的实际情况没有一点真实体验。19天环行东北归来，心里则是满满的回忆。

此次东北行，经历非常丰富。

中学时地理书上的山川地貌城市有了真实生动的形象。

东北的火山森林地貌比较多。

19天里，我们爬了三次山。

第一次是阿尔山，国家火山森林地质公园。沿着绛红色的木栈道一步步登上驼峰岭，不但看到了苍山林海，还看到了驼峰岭天池，去了大峡谷的红河谷、杜娟湖、阿尔山天池、地池，还欣赏了龟背岩景区的特殊地貌与原始森林。

第二次，是五大连池的老黑山。沿着苍黑的火山石石阶向上，欣赏了火山森林、火山熔岩地貌、状如漏斗的火山口。还有景区的石海翻花，遍地都是火山熔岩，让人感到大自然的威力无限！

第三次是长白山。不但欣赏了火山森林地貌，还看到了东北最大的长白瀑布，青色山石与白色激流相映成景。地下森林凹陷在地坑里，一片繁茂。

东北的水资源也特别丰富。

19天里，我们遇见了几条大河。

第一条是黑龙江。在北极村的江边看水，水流湍急丰沛。与俄罗斯隔江相望。在黑河口岸再次遇见黑龙江，还坐船过江去了俄罗斯，在江上有了一眼看两国的特殊体验。

第二条是松花江。在哈尔滨，坐在江边看喷泉从江中蓦然升起60多米高的水柱，坐船过松花江去了江对岸的太阳岛欣赏风景。

第三条是鸭绿江。在丹东，中朝边境的河口断桥景区，坐船游鸭绿江。在江上欣赏彼岸的朝鲜风景与建筑，近距离与江边的朝鲜人挥手招呼互相呼应，又有了一眼看两国的体验。

在五大连池，坐船游白龙湖，风驰电掣。

在渤海湾乘坐亚洲最大的轮渡，叫人难忘和震撼！夜间赏景，晨起看海，心中比遇上泰坦尼克号还自豪！为祖国的强大欣慰，为造船技术的先进骄傲！

两次来到大海，第一次是大连的星海广场老虎滩海洋公园和棒棰岛，第二次是烟台的蓬莱阁景区。

这些地方都是我曾经的向往。

此次环行东北，我发现东北不仅火山地貌特殊，水资源充沛，各种地貌都非常丰富。

一路上，我们穿越广袤的呼伦贝尔大草原，无边无际的大兴安岭森林，也经历小兴安岭林区、长白山森林。在大兴安岭森林深处的满归镇意外停留，登上了凝翠山，看到祖国江山处处如画一样美好。

在漠河北极村我们有了童话一般的体验，在北字广场找了"北"。

从此知道祖国的大东北原来有如此丰富的山川地貌、河流森林，这

182

真叫我们骄傲！

东北的黑土地随处可见，东北的天空常常天特别蓝云特别白。

此次环游东北，沿着秦皇岛、北戴河北上。从山海关进入东北。过东戴河、葫芦岛，北上到了阿尔山、中俄边境的满洲里、北极村、北红村。也到了黑河口岸出境俄罗斯游玩。去了哈尔滨、五大连池。还在丹东中朝边境坐船了解了邻国朝鲜边境线风景。

在大连湾带车坐轮渡过渤海湾，到达烟台蓬莱返回焦作。

经过了7个省，河南、河北、辽宁、内蒙古、吉林、黑龙江、山东，在十几个城市有过停留。

这一个个城市一处处山川河流如明珠一样，把行程装点得五彩斑斓。

曾经在地理书上寻找的呼伦贝尔大草原和大兴安岭森林、黑龙江、长白山、五大连池，都曾在脚下走过。这个夏天，我的生活一下子变得丰富多彩，难以忘怀。

环游东北，真的有言说不尽的收获！有伙伴统计，此次环游东北行程将近两万里。

终生都会记得你，美丽的大东北！

第九辑　人说山西好风光

晋中，有一棵大槐树，它的故事源远流长，像一首古老的歌谣，一直在我的心房回荡。

奔腾的交响

用什么词来形容壶口瀑布,都觉得不够贴切。

我对壶口瀑布心仪已久,只是没有合适的机会。2019年春天终于成行。

我去过青海,看到过黄河上游泥汤一样的小小支流。经过德清,看到过黄河水在这里竟然如玉一样清亮。去过甘南,看到过黄河九曲第一湾在绿色的甘南大草原上逶迤而去的美丽潇洒。更看到过黄河水在家乡宽阔的河道里平缓流动的宁静。但是,没有看到过黄河壶口瀑布的雄壮与奔腾洒脱。

才走入景区,便发现远处河床上,有一些白色的烟雾。许多游客和我一样,心中满怀好奇。我们跨过小桥,走过曲曲折折的观景通道,迈过凹凸不平的河床,奔向那白色烟雾处。

哦,原来,那里就是壶口。

未走近,便听到轰鸣的水声,紧接着就看到了咆哮的黄河水。

我们从山西临汾吉县这边来观壶口瀑布。河对岸是陕西。"黄河大合唱"的红色大字在对岸的山壁上挺显眼。我简单瞅了一眼,便被黄河水奔腾的气势吸引住了。

只见黄河水从平缓的河床奔向壶口，在这里急流涌动，迫不及待，汹涌而下，跌入河底，轰然而鸣，气势浩大。然后激起数米高的白色烟雾，在山谷间四溅，又冒出河床，向上升腾，袅袅娜娜，如梦如幻。而后变作细雨，飘飘洒洒，随风而散。

站在岸上看黄河水，真叫人如痴如醉。明明在不远处还平缓流着的黄河水，到了壶口就集中起来，奔流推涌，气势浩荡，汹涌着跌下去，发出惊天动地的轰鸣，叫人感到一种不可抑制的激情与力量。

看着听着，不由自主就会想起那首《黄河大合唱》的旋律：风在吼，马在叫，黄河在咆哮，黄河在咆哮……铿锵有力的旋律和着眼前滔滔而下的黄河水，叫人感到一种从未有过的浩然悲壮。

沿着人防铁网，我欣赏黄河在这里演绎的天然交响乐。从壶口瀑布的激昂，到黄河水不停地推拥而下的跌宕，还有上游黄河水平缓的流淌，两山夹岸的安逸，以及瀑布入谷后澎湃远去的潇洒，我像在看一场高潮四起的电视剧，像听一场激情满怀的交响。

大自然的演奏，让人感到电闪雷鸣般地震撼！

看着黄河水在壶口汹涌而下，奔腾而去，每一个游客都如痴如醉地感叹着大自然造物的神奇。那种来自天地自然的力量撞击着每个人的心扉，让人情不自禁地发出赞叹。

为了看清壶口瀑布坠下的情景，我们买票沿着山洞窄窄的台阶来到了瀑布下面的岩石上。啊，"黄河之水天上来"的豪迈，在这里感受才最恰当。

只见汹涌的黄河水从天而降，在谷底跌落四溅，激起数丈白雾，或乘空而上，或飞溅在两岸岩石，或者雾化成细雨在空中翻飞，或在谷底变成白雪般的河流，唱着欢歌一路东去。

而头顶岩石上滴滴答答如有雨帘垂下。游客们看得沉醉，有人在选择最佳角度拍照。我呢，心中激情澎湃，再一次被大自然的神奇感染。

要怎么说呢？

这个春天，我在山西临汾的黄河壶口瀑布前，看到了一部大自然的神奇杰作。听到了一曲如鼓如雷般浑厚激昂的交响。它让人如痴如醉，永远难忘。它位于黄河中游，晋陕大峡谷中段，是世界上最大的黄色瀑布。因为滔滔的黄河水在这里由300米乍缩为50米，飞流直下，如壶注水，故曰"壶口瀑布"。

我在平遥

到达平遥的时候，已是傍晚。

大巴车停在古城外面的停车场。早已预定好的电瓶车从城内过来接我们。导游说平遥古城是一座保存完整的古县城，里面禁止机动车进入，与外面的新城完全是两种不同的风格。

坐上电瓶车进入城中，发现城墙外面是古砖墙，里面有许多地方竟是土墙，虽年代久远，看起来还很结实。

坐着电瓶车，一路欣赏古城风貌。来到预定好的住处。

放下行李，简单收拾，我们便各自行动，去平遥古街赏景品美食。

听说平遥牛肉不错，我和伙伴寻了一家小店，吃了一碗平遥牛肉面。老板很温和，我们一边聊天一边吃饭，感觉挺温馨。

吃了饭，上街去欣赏平遥夜景。一座古城，街上当然都是古房，或高或低，灰砖青瓦，与南方的白墙黑瓦不同，有着北方的敦实与厚重。

青石板的地面，非常平整。灯光时隐时现的大街上，除了饭店，还有一些足浴店，床上铺着东北大花红布毯子，看起来生意挺不错。很多文艺的酒吧，外面看静悄悄，其实里面有许多人。有个打扮成武大郎的男子，拿着话筒唱着歌，看起来极其投入。我们从玻璃门望去，感到里面的人特别兴奋。

酒吧的名字都挺文艺，"又见平遥""我在平遥等你""我就想在平遥刷个圈"，被写成各种字体，仿佛宣告着人们遇见这座古城的激动。

资料上说，平遥建于西周时期，兴于明清，几乎是当时的世界中心，相当于后来的"华尔街"，商业发达，有的票号竟然控制全国三十多个商号。

主街道灯火灿烂。我们一边逛街赏景，感受这座古城往日的繁华，一边体验现代人如何在古城里利用家乡的资源开发浪漫舒心的生活。

饭店、酒吧、足浴店的生意都挺红火。

看着那古老的镖局、票号，想着进城前导游给我们讲的古城故事，觉得平遥古城真是一座明清时期人们生活的活化石。当日的繁华在那些票号以及老房屋的雕花上可见一斑，不由涌起对晋商的敬佩。

过去的时代，那么纷乱，这里的人们竟然能利用自己的智慧把生活过得如此繁花似锦，营造了这样一个有模有样的城市，不能不叫人从心底佩服！

我去过山西的榆次老城，我发现山西的每一个古城几乎都有古色古香的城楼，虽然风雨侵蚀斑斑驳驳，依然能感受到这些地方当日的繁华与辉煌。

我和同伴没有沿原路返回，以为绕一圈便可回到住处。谁知道，古城里街道通达，我们竟然迷路。

夜已深，街上寂静，我和同伴寻寻觅觅，不得回去的路。和导游联系，导游仿佛从梦中被惊醒一样，如说着梦话般给我们指导回去的途径，我们如堕雾中。最后还是一个好心的当地人路过，送了我们一程，我们才回到住处。

以为不过几条街道，好心的路人却告诉我们平遥城里大大小小有七十二巷。也难怪我们找不到客栈，本来路就很多，我们还走进了偏僻的小巷。

第二天早饭后，导游带着我们去西大街逛街赏景，一边走，一边给我们讲平遥故事。太阳初升，昨天晚上朦胧中看到的一切变得格外清晰。

听说，最初的银行就是在这里诞生的。

当地一家染坊，生意遍布全国。在外做生意的平遥商人挣了钱，没法寄回，找到当地染坊老板，愿把银票存到染坊，让家里人在老家的染坊可以支取，然后给些利息。时间久了，老乡们如法炮制，过年的时候，染坊老板核算收入，发现利息的收入竟然超过自己的染坊生意。于是，就诞生了票号。这就是最初的银行。

来平遥真是长了见识，晋商的智慧随处可见。

在山西的古城里总会看到镖局，这也是商业繁华而生的产物。镖局的建筑常常居于大街的中心繁华地带。平遥古城也不例外，镖局居于大街上显眼的位置。

平遥过去有"中国的华尔街"之称。在古城里走一走，看一看，那些老建筑真的让人闻到它昔日的繁华气息。能想象出古城过去的大街上人头攒动，各色人等来往，各种生意交流，各种车马威武，各种神秘人物川流不息的场景。在电视剧中看到的一切在这里都能一一联想成实景。

确实是一个保存完整的古城！我喜欢古城的历史文化，晋商智慧，更喜欢古城里人们布置出来的现代氛围。

有几句话，我印象深刻，特别喜欢。"我在平遥等你""永远年轻，永远热泪盈眶"。是的，我在平遥等你，等你来感受这座古城的魅力。但是，岁月不息，我们要有一颗永远年轻的心，感受历史的精彩，营造更美好的生活，永远热泪盈眶。

跟着导游，我们走过一家家店铺、门楼，来到县衙前，再一次了解了当时人们的生活状况以及第一家票号——日升昌的来历与发展。

日升昌就在县衙对面不远处，是一个看起来并不太大的院落。已改为中国票号博物馆。共设有20余个展厅，大体上分为史料展示和原貌展示两部分，从中可以看出中国民族银行业的发展轨迹。就是这样一座小小的院落，开中国民族银行业先河，曾一度操纵19世纪整个清王朝的经济命脉。

　　我在平遥，用心触摸那些古老精美的建筑，用心翻阅一段精彩的古城历史，感受着它的往昔繁华，真心为它的今天祝福。

　　这座被完整保留下来的古县城，已经申请为AAAAA级景区，为世界文化遗产。

　　我在平遥等你，愿你永远年轻，永远热泪盈眶！

半城渠家

离开平遥,我们去往祁县渠家大院。听导游讲,渠家大院与平遥不同。平遥是晋商外出挣钱回家乡来搞建设。渠家则不同,是本地生意,做得很大,拥有半个城的范围,所以有"渠半城"之称。

我们参观了渠家大院的主院,和对面的博物馆。听说中华人民共和国成立后,渠家把家财都捐给了国家。许多院子成了老百姓的居所,有几个成了国家政府部门的所在地。近些年,腾出来作为博物馆供游人参观。

渠家主院是一座五进堂的院子。主屋在最里边,陈设如古代的正屋,中间是方桌、八仙椅,里面有书架、卧床,俨然一个过去的家庭正室。砖墙厚实,瓦楞翘起。侧屋已经成为过去生意用具比如木杆秤、算盘等的陈列室。

五进堂的院子非常讲究。时不时看到一些墙头语,虽然年代久远色泽暗淡,但仍然叫人心生敬意。有着半个城的生意大家,门墙上竟然雕刻着"学吃亏""仁者寿"。可见此家生意人,绝不是尖酸刻薄人家。能用这些言语提醒自己教育后代的生意人,一定是心有格局目光长远的儒商大家。

看了正屋看侧院。厚实的砖墙，雕花的房檐，几进几出，最高处有日本人设的炮楼。据说，当年日本人占领这里，渠家人都躲到了四川。解放后，回到祁县，把家产都捐给了国家。

真为这些智慧的商人点赞。纷乱的年代，能够利用自己的智慧，挣下一处处产业。社会变革后，又懂得适应时代，献给国家，真不愧晋商中的俊杰！

看了五进堂的主院，又看了对面的博物馆，里面陈设的大都是做生意用的器具与物件。

走在这些古老的院子里，一边听导游讲解，一边欣赏。心中暗想，自以为读过一点书，到了这样的地方，才明白自己好没文化。我想，这也就是旅行的意义吧。参观学习，增长知识，读万卷书还要走万里路。我又一次有了深刻体会。

据说，晋商盛于明清，他们从事盐、粮、布、茶、票号等生意，远到中东，生意规模很大。这些院子这些建筑其实就是一部真实生动的家族发展史，也是当时社会的一个小小缩影。

渠家大院的墙上有一个人物介绍，给我留下了深刻印象。

渠仁甫，晋商楷模。青年时，受康、梁维新思想的影响。他认识到，列强之所以强，是有先进的科学技术，于是产生了强烈的教育救国兴学育人的念头，独资创办了祁县私立学校。他一生爱书如命，独资创办书店。中华人民共和国成立后，他将多部书籍捐赠祁县文化馆和山西文史馆。为保护祖国文化遗产作出了巨大贡献。

走在渠家大院，仿佛走在一部生动的大教科书里，有建筑的古典美，也看到古人生活的讲究和为人处世的智慧。

每一次出行，都是一次新的学习。出行前不曾了解的景点，在旅途中有了丰富的感知。就像听了一系列生动的关于历史、关于自然、关于人生的课程，收获满满，不虚此行。

古地道探秘

说实在话，对于张壁古堡，我一点都不感兴趣。此次出行，我只是想去壶口看看瀑布，再逛逛平遥古城。导游带我们去张壁古堡的时候，我觉得可有可无。

及至张壁，我才明白，原来山西真是个秘境。我多次来过山西，凤凰谷、山里泉、上云台、榆次老城、芦芽山，我都去过。这次出行，去看了壶口瀑布，挺感动。还去了平遥，确实是一座历史资料馆一般的古县城，叫人大开眼界。甚至渠家大院也叫人长了不少智慧。没想到，这绵绵深山之中，竟然还有个古村叫张壁古堡。更没想到的是，在这里我竟然真的见到了影片中看到的地道。而且还在地道中探秘，有了不一般的体验。

张壁古堡完全是一个保存着过去风貌的古村子，非常朴素，没有修饰过，甚至土里土气。进入村子，地面上铺的旧砖已经被风蚀得凸凹不平。先去看了一群庙宇建筑，走出来在高处可以看到一个点将台。里面雕有战车和士兵塑像，可以想象古时将军在点将台上调兵遣将的情景。

沿着村中凸凹不平的道路向里走，可以看到村中房屋高低参差，极其原始。在进入地道之前，我们跟着导游参观了地道模型展室。在这里导游给我们进行了简单讲解。

原来就在这古老的村子下面,竟然有着弯弯曲曲上下三层地道,俨然是一座迷宫!我想,平时一个人进入地道,一定会迷路。不迷路也会觉得挺恐怖。

开始地道探秘了。我们沿着窄窄的楼道,进入地下通道之后,就发现地道里的温度要比外面低许多。地道里光线幽暗,导游拿着手机在前面照明,我们前后呼应。导游时不时会停下来招呼一下后面的队伍,然后一边走一边做些简单介绍。

通道微微向下,又时而高时而低。偶尔有个宽阔处,导游说是将军休息的地方。走在地道里,中等个子的人不用刻意低头,能直起身子自由通行。甚至两个人在对面相交,也不拥挤。

是谁在地下挖了这么深这么长的通道?

导游说,这并不是抗战时期的产物。而是很久以前,大约明朝的杰作。想想古代并无先进技术,把地下挖成这么长的迷宫一般的通道,得有多少计划与心思,要付出多少劳力和智慧,简直像筑长城一样让人觉得不可思议。

走在地道里,就像小时候玩藏猫猫,觉得挺有意思。一边感觉好玩,一边对古人心生佩服。时不时,地道还有个可以存东西的宽阔处,或者有个通道直通头顶,是个通气孔。就像《地道战》影片里的战士一样,我们跟着导游在地道里穿行,心中充满了奇特的感觉。

地道很长,曲曲折折,高高低低,我们在里面走了很久,不时看到有个叉道口。可能怕人们迷失了方向,用小栅栏挡住不让通行。

我们走的一号线,是最上面的一条地道。下面还有更深的二号线、三号线。我们没有去探秘,也不想去探秘。那么深,不见日光,会不会心里发虚?要是一个人,迷了路,在地下出不来,还真是件让人感觉麻烦的事情!

跟着导游,我们在地道里探秘。时间久了,会有个洞口。走出去会发现，周围只是一个三面环山的小休息台。外面的人不容易发现。因为向下看，是深深的山谷。我们已经在很高的位置了。我觉得这地道真不亚于古代长城，真是个奇迹。

在通道口休息一会儿，跟着导游进入地道继续探秘。曲曲折折，如走在迷宫中。又经过了几个出口，到外面呼吸一下新鲜空气，看看外面的阳光，稍停片刻，便赶紧再进入地道追随导游而去。不走回头路，所以，从哪里出来自己心中都是谜。

在阴凉的地道里，我们仿佛小孩子玩游戏一般。时而看见个透气的小孔洞都觉得见了天。许多岔道用小栅栏挡着。我想，这样的地道，在战时，任是多么狡猾的敌人也叫他有来无回。

不能不佩服我们中国人的智慧。

出了地道，我长长出口气，呼吸着外面阳光的味道，觉得见天的感觉真好！

从地道出来，我们沿着凹凸不平的街道，去往槐抱柳广场。广场上有一棵老槐树，黑色的躯干不知经历了多少风雨。在它的老根上长有一棵柳树，也不知多少年了，两棵树已经长成一体，风雨共存，树冠硕大，满眼沧桑。

小广场边，有许多当地的特色小吃。一个老大爷把自家种的核桃、玉米等如精品一样摆在眼前，晒着太阳，随意等着游客上去咨询。不远处，一场盘鼓演出正在进行。我们围上去观看，那些年轻的姑娘、小伙意气风发，敲锣打鼓，让人感到古村里涌出一股新鲜的气息，令人振奋。演出结束，我与那个指挥非常有气势的美女合了影，感觉非常开心。

人们都说山西有着好风光。看过这里的地道，山西的美，山西的古朴，山西人的智慧，我们再一次有了生动深刻的体会。

大槐树的故事

　　小时候父亲给我讲过大槐树的故事。

　　有一年，人们盖房子起土，在村子外边的大坑里挖出了一口老井。井里还淘出一个人的头盖骨。小小的我觉得特别神秘，就问父亲，这是咋回事？父亲是个很会说古的人，他讲故事总是不紧不慢。他说，这是以前发大水，大水把一切都淹没造成的。我说，那现在的人从哪里来呢？父亲就说，我们都是从山西省洪洞县的大槐树下迁过来的。我说，那人们多不情愿呀，谁愿意离开自己的家乡呢？

　　从此我心里就有了一个谜团，觉得一切都不可思议。有时候又觉得是父亲编出来的故事哄小孩子的。哪有这回事呢！

　　没想到，今年春天去山西壶口看瀑布，回来的时候，导游真的带我们来到了山西省洪洞县的大槐树景区。呀，这真是千真万确的事了。父亲已经走了多年，这谜一样的故事今年终于有了谜底。

　　其实大槐树早已不在。大槐树景区门口，是一个巨型的树根。进入景区内，迎面会看到一个照壁，上面有一个大大的"根"字。导游讲，左边的木字旁设计得如一个人伸开双臂，而另一边，根字下面两笔艺术成两只脚的样子。而且那一撇幻化成的脚放在空中，就是不愿意落下。代表当时被迁出去的人们，实在难舍故土，不愿把脚放下去。那对故土的难舍之情，从这字上就能感觉出来。

向园里走，有池有水有柳有花，更有中国人寻根问祖的虔诚祭拜之处。沿着园中通道，可到达台阶之上的大殿，也可以在园中赏景。我看到园中有一棵巨槐，虽是春天，可还没发芽。也不知是真的槐树，还是又一个造型。下面有巨石，上写"中国根"三个大字。

园中游人络绎不绝。景区挺大，我没有去大殿，而是去了另一个园子。那园子里正在搭着高台，看样子是要有大型表演了，场地很大。穿过这个空旷的园子，我来到了另一个园子，沿着一条宽敞的通道，我看到了一个巨石，上面写着"母亲石"三个红字。我沿着这条通道向前，经过一个中国姓氏展览馆。走进去，看到中国的百家姓在这里有详细介绍，可以按条寻找。里面的展示牌一个挨着一个，姓氏太多，想找到自己的姓还挺不容易。左边有一个超市，可以买些纪念品之类的东西。

出了姓氏馆，我沿着通道继续向前，走到"母亲石"处，拍了照。发现另一个方向，有个牌坊，过了牌坊，有许多人。我欣赏着路旁的花草走向那人多处。原来，这里有一场实景表演正要开始。于是，我停下脚步，准备欣赏。

环顾四周，发现我已经来到了民俗村。这里有奇槐林，花草繁茂。实景表演场地上的假山高高挺立，上面写着"《铁锅记》实景演出现场"的字。

故事开始了。

正是当初人们不愿离开故土的实景再现。一家三兄弟，被迫分开，为了日后相认，把家中的铁锅分成三份，一人一份。若干年后，儿孙长大，寻宗问祖，全家终于相见，却已是白发晚年。

其实在景区入口的地方就有一幅巨型浮雕，说的就是人们不愿意离开故土，朝堂决议后，朝廷强令人们四处迁移。大槐树下，手脚被缚的亲人被迫分离，那场景实在叫人唏嘘不已。大槐树景区内，所有的卫生间，不叫卫生间，都写着"解手场"。因为，人们被迫迁离家乡，手脚被缚。路上要方便的时候，要请求官差解开双手，所以后来要方便就叫"解手"。原来，这里就是"解手"一词的出处。

出行路上，我们总是会长许多见识。

大槐树，是许多人心中魂牵梦萦的地方。

以前听父辈讲，现在才知道是真有这样的事实。

园区内资料上讲：元末明初，中原地区饱经战乱，水灾、旱灾、蝗灾、瘟疫等的发生，使得那里人丁稀少，赤地千里。明太祖朱元璋登基后，采纳朝臣建议，做出了从人口众多的山西向中原地区移民的决定。于是一场长达50年的移民壮举从洪武初年开始了。

大槐树就这样成了多少人心中忘不掉的记忆。而因为迁民，又发生了多少让人魂牵梦萦的故事！

没有想到小时候父亲给我讲的故事，在这个春天得到了真实的印证。

大槐树的故事，是时代的产物，是一个民族发展壮大的故事，是一个让人永远不会忘记的故事！

第十辑　西北也有桃花源

神秘的西域，一直在地理书上埋藏，像一张张神秘的面纱，等着我揭开后去用心端详。

新疆，我是认真的

2019年暑假，我随户外旅行社开启了自己的新疆行。

这个占祖国版图六分之一的地区，和大小八个国家相邻。它到底有哪些风景？

去之前我做了大量的功课。早在2月底我就报了名，确定了自己的卧铺位置。随着时间一天天临近，我在网上、书上的地图里，根据我们的出行线路，做了大量的功课。

研究地图，看中原到新疆都经过哪些地方，在地图上做出标注。然后，百度每个景点的具体情况，看视频，听录音。

总以为这次出行我做足了功课，会收获更多。可实际上，读万卷书，也多是空洞的概念，走万里路，每一步都写满真实。

此次出行，我们仍然选择了户外旅行社纯玩的卧铺大巴，不用进购物店，时间全用来行走赏景。即使这样，也总觉得游玩的时间实在太短。新疆那么大，每个景区想好好玩玩，真是不容易。

景点与景点之间相距太远，有的景区很大很美很想多看看，可时间安排得实在不够充分。

16天的时间，从南疆北部穿过天山进入北疆，环行一圈，以为会玩个痛快，实际情况是，很多地方还是了解得不够。

就这样吧，从中原到新疆那么远，能够有16天的行走，该知足了。回家来除了吃饭，我一直在睡觉。好几天了，还觉得自己没睡够。本来不想写文字了，累得无言。可又想出发前，很多朋友嘱咐我多分享，不说几句，仿佛很对不起他们。

看着那美滋滋的图片，心中的疲累渐渐退去。心想，这么一趟出行，真不容易！还是提笔写写吧。路上的那些美景，那些感悟，无论如何都是自己的亲身体验。就这样我提起笔，开始慢慢叙述此行的美好与不易。

2019年7月27日下午两点，我们在市里集合，上了卧铺车，准时出发。昼夜兼程。第三天，也就是2019年7月29日午后我们到达此行的第一个目的地吐鲁番。

路上，我们从车窗外一路赏景，比如第一天下午，经过渭南华山风景区，气势非凡的西岳华山仿佛友人，一路护送陪伴我们，给我们留下了深刻印象。那一年去甘南、青海湖时经过此地，此次出行等于重见华山，还是很喜欢。那连绵起伏的山的剪影，不失为一道美丽的风景线。

从东南向西北穿越整个甘肃时，祁连山如影随形，一路陪伴，那种温暖，绝不是三言两语能言尽的。

小时候学地理，河西走廊、祁连山都是常见的词语。现在亲眼所见，有了形象的感知，这都是出行的收获，风景在路上，话不白说。

我们是在出发后的第二天晚上进入新疆的。

半夜时分，整整穿越了一天甘肃的我们来到了新疆。

来到了吐鲁番

第三天午后时分，我们来到了第一个景点吐鲁番的火焰山景区。

其实一路上，我们一直从窗外飞过的风景中了解着新疆。

自从过了甘肃的兰州市，车窗外就开始大量出现荒漠戈壁。偶尔有一些绿色，那一定是附近有了人居住的城市或者村庄。

进入新疆以后，经过哈密，直奔吐鲁番。路上，除了荒漠戈壁，到处都是没有植被的山。不到火焰山景区，便早已是八百里火焰山的地貌。

在火焰山景区，荒山更高，赤岭更热，孙悟空的大金箍棒立在景区里，其实也是一个温度计，显示午后温度66摄氏度。

先过安检，然后在景区转悠，拍照，看着那有着赤色流沙的火焰山，觉得此地实是在不可久留。

在三面环抱的山坳里走走看看，感觉浑身冒汗。

《西游记》的故事，也没有工夫去多想。景区里有多个《西游记》中人物雕塑，我们简单浏览就走出了景区。

走马观花，也没有怨言。

景区温度高，不能久留。网上有人趣说火焰山，不来后悔，来了更后悔。真是这样，温度太高，浑身冒汗，匆匆了解，赶快离开。

就这样我们离开火焰山，去了坎儿井。

在坎儿井，我们总算得了阴凉。

坎儿井与万里长城、京杭大运河并称为中国古代三大工程。展厅里特别凉爽，讲解员侃侃而谈，我们简单了解就随着络绎不绝的人们来到了民俗园。

这里沟渠流水潺潺，浓荫遍地，让人感觉仿佛离开沙漠，见到了小溪心里有了舒适感。

在园中参观，欣赏坎儿井工程的模型，特别佩服古代劳动人民的智慧。在坎儿井民俗园，看到有卖鲜果汁的小车，我赶紧买了一杯哈密瓜汁。喝着那甜甜的果汁，感觉像坎儿井的水浇在了心里面。

坎儿井其实是西北沙漠上的水渠灌溉系统，巧妙地把雪山融水汇集起来灌溉农田，促进农作物生长，给人们的生活带来了便利和希望。确实是一项了不起的智慧工程！

从坎儿井出发，我们去往吐鲁番的葡萄沟。

这里应该是另一番情景吧。未来之前，从各种书本资料中，我们对葡萄沟有许多向往。也许那描述太过美好，进入葡萄沟，我们看到的和听到的好像有些出入。

说实在话，我略微有点失望。想象中的葡萄沟应该是一条非常深的状如梯田之类的深山沟，但实际情况不是这样。

我们坐着电瓶车从葡萄架下进入景区。藤架上葡萄一串串确实挺多，但总觉得跟描述的有差距。一直到我登上流沙山的观景台，极目远眺，才有了些感觉。从大门口进入景区，其实感觉不是在山沟中，因为周围几乎全是平地。登上山顶的观景台，才看到山在远处，我们在山里边，绿色的葡萄园一园一园。也就是说，葡萄沟并不是我们想象的那么窄或者那么深的山沟，它是山间的一个狭长的平地，因为有一条雪山融水的水渠滋润，才改变了寸草不生的状况，有了葱郁的绿色。

葡萄沟里，有一个个小景点如民俗风情园、达瓦孜表演区等，也有居民，家家户户房前都种有葡萄。这里渠水潺潺，绿树成林。相比于火焰山，这里有着无限的生机，让我们欢喜。

各种葡萄挂满藤架。随手摘几颗葡萄，品品那甜甜的滋味，不少人都窃笑着悄悄做过这件事情。

葡萄沟里有卖馕人家，歇息的时候我去买了新疆大馕，和那家的小美女来了张合影。

感觉葡萄沟人家，生活得挺惬意。门前雪水淙淙，周围葡萄随处可见。想想虽有失落，也挺安慰。葡萄沟里到处都有阴房，就是制作葡萄干的房子，甚至有的居民家里楼上就有。

在这里，葡萄干颜色不一，大的小的，品种齐全，应有尽有。

我是特别留恋那家家户户门前的雪山水了，有了水，葡萄沟才有了遍地风景。

在新疆能看到水，多令人喜悦，也正因为有了水，葡萄沟才如此青葱繁茂吧。

我们参观了阿凡提故居，欣赏了巴依老爷的豪宅，然后提着圆圆的新疆大馕，欢喜地告别了葡萄沟。

重新启程，我们去往吐鲁番市，在这个西北重镇我们要好好地修整一下，睡个好觉。

博斯腾湖，我是如此热爱你

离开葡萄沟，我们去吐鲁番休息了一晚。早晨，在全国唯一陆地零海拔的托克逊县城吃了早餐，之后一路向西。

午后时分，我们来到了博斯腾湖。

买票进入景区，心里一下子就感到特别惬意。此次出行，路上常常是望不到边的戈壁滩，我们的心情也变得干燥无趣。进入博斯腾湖景区，沿着通道向里走，一边是五颜六色的花海青草地，一边是水平如镜的水域表演区。怎么看，都比荒漠戈壁叫人欢喜。

情不自禁地走向花海去拍照，然后沿湖赏景去向湖边的长廊。那里有博斯腾湖水上的芦草结成的凉亭。走在凉亭里，心里边感觉特别舒服。

及至水边，坐在长椅上休息，临水赏鱼，看着那水清亮如玉，鱼儿游戏其间，就觉得特别美好，心里边好像万里沙漠涌进了琼浆样的甘泉。

远处有人在玩水上游戏。我也想在水上飞驰，想把一路上游走于荒漠戈壁的那种极端干燥的情绪抛撒出去。去咨询了冲锋舟的乘坐情况，然后买了票，上了冲锋舟。坐在芦苇凉亭下的安逸，变成了水上飞的欢欣。

冲锋舟在水上旋转出漂亮的弧线，驶向远处湖面上的沙柳丛。

真是漂亮的画卷！绿如翡翠般透亮的湖水上，一棵棵沙柳树冠像意境悠远的神来之笔。许多水鸟形状优美，在水和树之间飞来飞去，一切显得清雅而唯美。

冲锋舟风驰电掣飞掠在湖面上，激起的浪花透亮如玉，水珠飞溅，仿佛挥洒着我们心中的激情与喜悦。

在树丛深处，司机渐渐放慢速度，然后让小舟停在湖面上，给我们几分钟的拍照时间。感恩工作人员想得这么周到。我尽情地拍着喜欢的照片。

再次起航，湖面水波跌宕，如抖动着透亮的青绿色绸缎，摇曳多姿，光滑美好。我一次次感叹，一次次惊叫。仿佛唯有如此，从家乡出发到现在的一路艰辛与干燥，才会抖落掉，好像唯有这样在博斯腾湖上惊叹过，才算拥住了新疆行的美好。

说真心话，在戈壁滩上走了那么久，遇见博斯腾湖，真如遇见琼浆一样，让人心醉。

在博斯腾湖上坐了船，赏了景，博斯腾湖大河口的诗情画意，仿佛已经被我收藏于心。再出发，我心满意足，一遍遍陶醉于自己拍摄的小视频里，体味着初遇新疆的美好。

中国西海博斯腾湖的花海与甘露般的湖水，都如美酒醉了我的心房。要怎样形容，才能表达尽我的喜悦与热爱呢？就让我再一次为你欢呼吧，博斯腾湖啊，我是如此热爱着你！

巴音布鲁克草原

离开博斯腾湖，我们一路西行，去往巴音布鲁克大草原。

傍晚，我们住在和静县的金水湾宾馆。安排好住宿，时间尚早。出来走走，看到路边沟渠有水淙淙流着，心里不仅十分愉悦。和路人聊天，说沟渠里的水是雪山融水，我上前去用手触摸，凉意绵绵，清凌凌透亮！

来到新疆，除了一些景区，许多时候我们是在戈壁滩上奔波。我觉得自己的身体与心灵也快成了干燥的沙漠。遇见水便乐，有水便欢喜。晚上睡觉，仿佛梦里也有了水的润泽。

第二天早上，在和静县城吃了早餐，继续我们的行程，去往巴音布鲁克大草原。

这个目的地，似乎特别具有诱惑力。对于我来说，是一种充满诗情画意的期待。

果不其然。

一路上穿越戈壁穿过流沙山，渐渐地，就有了草原的美妙。

未达景区，领队就让大家下车拍照，原来路边有了"艳遇"。

是的，这"艳遇"让所有人欢喜。

还未到达巴音布鲁克草原，路边便有了丰美的水草。草绿水美云朵也挤进画里。地上的草，路边的水，水中的云，如拉扯不开的情人，你中有我，我中有你，像一幅画一样叫人陶醉。

　　一车人在草地上拍啊拍，摆出各种姿势，仿佛都成了贪得无厌的俗人。

　　及至上了车，每个人都仿佛还有点留恋，言语中还在啧啧称赞。果然好景养心，比戈壁滩怡人。

　　到了巴音布鲁克草原，坐上景区公交车，在草坡上上下下起伏，驶向大草原深处，才知道路上的"艳遇"只是小小的一段插曲而已。大音乐正在拉开序幕，草原的美才刚刚掀开冰山一角。

　　景区公交车在草原上行驶，身边的花花草草如星星一样闪亮我们的心房，大家忍不住又开始进入拍摄模式。那遍地的芳草，那数不清的各色花儿，仿佛一个无边无际的彩色大织锦，让我们陶醉。

　　来到天鹅湖，才知道刚刚看过的一切，真的只是一个开头。

　　正值中午，巴音布鲁克草原中央的天鹅湖上，白云朵朵映在水面，天蓝水蓝，天鹅湖仿佛草原上镶嵌的一颗色彩斑斓的明珠。洁白的水鸟在自由嬉戏，高贵的天鹅飞掠湖面。大地如此安静，草原如此广大，天鹅湖如此优雅，仿佛一个天然的丽人，我们都沉醉在她的风雅里了。

　　游人徜徉湖边，喁喁私语，如水中的云朵一般，醉了。我也醉着，迈不动脚步。有朋友呼唤，也不愿意离开。草原之大，不能目测。

　　离开天鹅湖，我们坐上车去了另一个景点。在这里，让我痴情的还是草原。正值夏季，大草原上，花儿一朵挨着一朵，一望无际与天相接。远山之上仍然被绿色涂抹，生动的鲜绿，让人欢喜。仿佛来到草原，心也变得无边无际，广阔辽远。

　　在草原中间，我拍了许多照片，小视频也拍了无数。

　　再次坐车来到同心岛的时候，我们更加陶醉了。仿佛喝着喜欢的小酒，只剩下惬意与美好了。在同心岛河边的坡地上，草原中间，我和同伴还有不认识的游人，尽情地交换丝巾拍照，互相称赞，指导照相的姿势。天南地北，因为风景，我们成了陌生的熟人。

开都河在巴音布鲁克大草原中蜿蜒流过，九曲十八弯，弯弯优雅！

当水与草结成伙伴，那一河明净与一抹绿色，变成了让人描摹不尽的绝色。我发现自己已经醉得稀里哗啦，在草原上，在花朵中，我尽兴地跳起舞蹈。

我的手机里放着"我从山中来，带着兰花草"的音乐，背后的山坳成为我的舞台，身边的花朵是我的舞伴，漫天遍野的芳草融化了我的神经。就让我尽情地欢喜雀跃，把生命的美好挥洒在这无边的草原之上吧。天地如此美好，就让我沉醉在这美的天地，忘记红尘俗世吧！

夕阳不知什么时候渐渐西去，同心岛的河谷里，阳光的影子拉得越来越长。那一抹夕阳诗意了整个河谷，芳草青青，流水如镜，逶迤东去。身后的山坳里，芳草遍地，鲜花绽放，有人骑马而过，夕阳中成为一道悠然惬意的风景。打马草原，看着就觉着美好！

九曲十八弯的夕阳渐渐变得浓郁，拍日落的人们围满了山岗。据说近10点的时候，开都河上能拍到9个太阳。我有点儿心急，等啊等啊，夜色渐浓，我没有等到最后便开始撤离，因为挤满山岗的游人让我产生了逃离的想法。

金红的夕阳下，草原中的开都河仿佛一个美人，正在演绎着自己的优雅，我拍了许多照片，然后乘车离开。

据说，开都河就是西游记中的那条通天河，有着一段曲折的故事。我不想去探究故事的来龙去脉，只想在草原上舞蹈歌唱。

风景这边独好，我已收揽心中。如果说天鹅湖是巴音布鲁克大草原上镶嵌的明珠，那么开都河就是她秀美脖颈上美丽飘逸的丝巾。在无边无际的绿与美中，巴音布鲁克草原让我明白了她的万千姿容。说她是美女子也好，是帅男也罢，此生再也忘不掉那美丽的身影。她的美，美到骨子里，博大雍容，天然去雕饰，是一种充满了风雅的美。

我真喜欢巴音布鲁克草原！

美丽的那拉提草原

为了拍九曲十八弯的落日,我们离开巴音布鲁克草原的时候,已经晚上10点多了。卧铺大巴车又开始飞奔赶路。我们去往下一个目的地——那拉提草原。

夜里禁行的时候,我们在卧铺车上休息。感觉夜色中的卧铺大巴仿佛停在半山腰上。因为星星点点的灯火隐约出现在深深的山坳里。

黎明出发,发现我们的大巴车竟然真的行驶在线条圆润的山坡之上几近山顶的地方,弯弯绕绕,速度很慢。山上植被稀疏,仿佛陆地春天的小草刚长出来,贴在山坡上,是那种草色遥看近却无的情景。

这样的线路走了一些时间,渐渐就变成了比较平坦的山间公路。而且越走,气象越不一般。

山中渐渐有了森林、河流,偶然还能看到一些房子。森林黑油油点缀在山坡上,甚至有了北欧大片的感觉。我网上搜了一下,正是那拉提草原周边的风景元素。

及至那拉提草原,我是真的又一次被大自然的精彩感动得不知所以。我们在景区售票点买了盘龙谷景区公交车票,然后坐车来到了盘龙谷。这是一个原始生态的山谷草原。长长的青草笼罩了盘龙谷。谷内有许多小景点，一个又一个，惬意美好。每一个小景点可以下车去拍照，十分钟后，车子再启程。

坐在草原景区公交车上，隔窗相望或者下车来到草原上拍照，都觉得那拉提草原特别丰茂。它的草长得很高而且非常油绿。花儿星星点点，使草原显得更加漂亮。

以往去过的那些草原，都没有看到风吹草低见牛羊的情景。草原虽然也挺漂亮，但总觉得没有古诗中说的那种气势。

在蛟龙出海这个景点，我们下了景区公交车，越过山凹来到山岗上。呀，真漂亮，远处，黑森林长在山坡上，排列有序，绿油油的青草在坡上坡下铺展，一幅风吹草低见牛羊的美好，就像走进了古人的诗句里。在草丛中拍照，草儿随风舞动，繁花点点，我的心里像摇曳着一片清新且浪漫的花海。

远处山下，有村庄，有大片黄色的禾田，再远处是绵延的山峦，一层又一层绿色草坡，中间时不时有黑森林点缀，起伏跌宕，让人想起北欧风光。

在盘龙谷的尽头，还可以乘坐直升飞机在天空中欣赏那拉提。我没有乘坐就已经陶醉在那拉提无边无际的浪漫里。

天下起了小雨，雨中的草原显得更加翠绿，各种小花儿更加鲜艳。我和伙伴在草原中间的公路上徒步了一段路程。空气清新，到处都是繁花点缀的草地山坡。我们一边走，一边欣赏风景，仿佛自己已经融化在画里面。

天空中的云朵一堆堆集聚在重重山峦之上，如诗如画。身边是翠绿的草原，星星点点的繁花，叫人觉得格外美好。打开手机放一段轻音乐，草原显得更加空灵。雨丝凉凉地落在头顶，心里荡漾着无边的惬意与欢乐。

如果说巴音布鲁克大草原是一块平铺在大地上的绿色织锦，开阔秀丽，那么那拉提草原就是山谷里一点点打开的彩色油画，此起彼伏的山峦线条优美，黑森林排列有序，与草坡相间，繁花密布。回顾四周，真像置身在此起彼伏的花园之中，有着独特的丰富与美好。

我喜欢这里丰美的草场，更喜欢那黑油油的森林和繁花点点的草坡。那拉提草原的美，起伏跌宕，与众不同，让人难忘！

赛里木湖——大西洋的最后一滴眼泪

离开那拉提草原，我们一路向西，去往霍尔果斯口岸方向。

夜里住宿在霍城县的赛里木湖大酒店。在这里，我们休整放松，美美地睡了一觉。第二天早上，在宾馆吃了自助餐。这是进入新疆以来，第一次吃得特别丰富的早餐，荤素搭配，应有尽有。正如中原地区大宾馆的自助餐一样非常丰盛。

到达霍尔果斯口岸的时候，因为景区人多被限制。为了不耽误大家去赛里木湖游玩的时间，我们在这里简单停留，去逛了霍尔果斯口岸超市，在中哈购物商城买了些东西，然后就出发去了赛里木湖。

午后睡意袭人的时候，车友惊叹说，快看，果子沟大桥！我赶快把目光投向车窗外，呀，真有气势！

资料说，果子沟大桥是新疆最大最重要的桥梁。大桥蜿蜒曲折、巍峨壮观，是果子沟的一道靓丽风景。由于大桥桥高坡陡，引桥穿花绕步，将三座高山连为一体，果子沟大桥也被称为世界上最美最惊险的大桥之一。

果不其然！我目不转睛欣赏着感叹着，车行桥转，窗外美景无限。

我暗中欢喜。旅行路上，遇到不一般的风景，就像有了额外收获，总让人惊喜连连。

当我们还在感叹果子沟大桥那雄伟的气势时，赛里木湖出现在另一边的车窗外。

真美啊！所有的人都被车窗外那一抹蔚蓝吸引住了，身边又响起一片啧啧的赞叹声。

隔着车窗，那一湖水如影随形。简直像一道蔚蓝色地平线，叫人心旷神怡！

赛里木湖真大，车行了很久才到达景区门口。

进入景区，我们更加欢乐。来到湖边，发现许多人跳入水中游玩。湖边有帆船、栈道，鹅卵石遍地。我也在水中嬉戏，拍照，打水漂，玩得不亦乐乎，仿佛要把进入新疆之后缺水的干燥都丢在赛里木湖中。

湖水特别清澈，远望一片蔚蓝。湖边草地青黄，风吹草摆。湖水一波一波冲击岸滩，有了水，心中便仿佛有了一世界的柔软。

我们在水边玩水拍照，然后徒步向前或者乘车再向前去。赛里木湖景区之大，叫人想象不到。

每到达一个小景点，都可以穿过草地在水边游玩。一个个小景点，各有风格。

资料上说赛里木湖是大西洋遗落在这里的最后一滴眼泪。可以想象它有多么美好！近处水清如玉，远处山峰环绕，整个赛里木湖看起来像一盆青蓝色的颜料，非常秀美！后来风起云涌，下起了一阵小雨，湖水也变成了暗蓝。周围凉风四起，风吹裙袂，飘忽翻飞，心中感觉极其清爽。

雨过天晴，湖水再次变得轻浅蔚蓝，叫人看着特别舒服。

太多的小景点让人眷恋。后来我发现尽管有5个小时的游玩时间，也还是不能每一个景点都玩遍。只好忍痛割爱，转车去点将台。传说，成吉思汗西征时曾在此休整点将，居高临下，可以想象有多么壮观。

在点将台，我一级一级向上，登上最高点，回望整个赛里木湖，视野开阔。天空下，那一湖蓝色尽收眼底，感觉豪迈大气。

时间不知不觉过去。离开点将台，我上了景区公交车，便没敢再下车去。因为一行人尽已不见，全都乘车而去，我亦趋步向前追赶。

坐在车窗边，看着湖边美景，心里边一次次如遇暖流般感动。那湖水变得清浅淡蓝，如一湖蓝色宝玉。湖边草地，浅青淡黄。远处雪山起伏。天空清亮。一层层绵软的云朵低低地与山峦相连，如一幅长长画卷在车窗外一点点铺展。

我一次次感叹于那湖的美、云的软、山的俊朗、草的诗意，一次次拿出手机不停地拍下图片和小视频。

不知不觉，5个小时的约定时间将到。紧赶慢赶，我奔向约定的地点。就这样匆匆告别赛里木湖——这个让人来了不想移步，却又不得不离开的大美之地。

在新疆的土地上，若有水，有美好的水，是多么让人眷恋！大美如斯，让人永远想念！

魔鬼城与五彩滩

魔鬼城这名字不好听。但在新疆乌尔禾，真的有一个以这名字命名的景区。

魔鬼城又称乌尔禾风城，位于新疆准噶尔盆地西北边缘的乌尔禾矿区，距离克拉玛依市100公里。独特的风蚀地貌，形状怪异。当地蒙古族人将此城称为"苏鲁木哈克"，维吾尔人称之为"沙依坦克尔西"，意为魔鬼城。其实，这里是典型的雅丹地貌区域，"雅丹"是维吾尔语"陡壁的小丘"之意，是在干旱、大风环境下形成的一种风蚀地貌。

据说，冬天大风四起时，城中一片呜咽，非常可怕。

我们到达景区时是早饭后。乘坐景区小火车进入城中，看到干黄色的土地上有着各种姿态的土丘，或者像埃及的金字塔，或者像大海中航行的舰艇，或者像埃及的狮身人面像，各种形状，真是挺奇妙！

城中严重缺水，寸草不生。干黄色的土地上，除了各种形状的土丘，看不到一点生机。

坐车从景区穿过，天气晴朗，阳光正好。没有看到资料上说的可怕情景。只是觉得魔鬼城像一个饥渴难耐的人一样，特别需要水的浇灌。

尽管在城中看不到一点生机，还是会觉得特别稀奇。大自然在新疆这块土地上创造了多少不同的景观，叫人感叹。

坐着景区小火车在城中转了一圈回来，在景区出口的地方，看到一排柳树青青有色，就觉得心中像有了绿洲，特别美好！

离开乌尔禾的魔鬼城，我们去往距魔鬼城不远的另一处特殊地貌景区——五彩滩。

到达景区，正值午后。艳阳高照，五彩滩的温度仿佛小火炉。

先去观景台，看到一条大河把五彩滩隔在河这边。河那边，各种形状的矮树冠点缀在河滩里，有着无限的美感。与这边的五彩岩石形成对比。

在观景台上，可以看到五彩滩上的岩石，形状奇特，仿佛多种大型动物趴在河滩上，在河里饮水，皮毛呈现五彩斑斓的颜色，此起彼伏，绵延在河滩之上，叫人觉得奇特。

下了观景台，去五彩石间行走。会看到各种岩石，有的是赤红色，有的是金黄色，有的泛绿，有的青蓝，遍布河边，看起来挺漂亮。

资料显示，五彩滩位于新疆北端阿勒泰地区布尔津县境内，地处我国唯一注入北冰洋的额尔齐斯河北岸，海拔480米，往哈巴河县方向，距离布尔津县城24公里，也是前往喀纳斯湖景区的必经之路。

五彩滩一河两岸，南北各异，是国家AAAA级景区。由于地貌特殊，长期干燥，属于典型的彩丘地貌。

午后，艳阳照在岩石上，再反射出去，天气热得叫人受不了。行走在五彩滩的栈道上，拍了照，赏了景，我捡了几块晒得热乎乎的鹅卵石，握在手中，像给自己做特殊的温疗。

大自然真是神奇之极！在这里留下一处如此漂亮的彩色河滩。那此起彼伏的岩石就像大河高低起伏涌出来的波浪线！

一条河流，两岸不同风光，叫人难忘！

因为温度有点高，我们没有久留。上车出发，我们沿途北上，去往西北的喀纳斯。

路途遥远，晚上我们住在哈巴河县城。

这是一个干净舒适的小城，"幸福哈巴河"的标志立在城中。我们将在这里休整一晚，明天轻装出发，进入喀纳斯。

人间仙境——喀纳斯

离开五彩滩,我们的卧铺大巴车一路北上,去往喀纳斯。

因为卧铺大巴不能进入喀纳斯景区,所以,晚上我们住在哈巴河县城的银桦旅游宾馆。

在这里我们休息了一个晚上,第二天,早上4点起床,交了房卡,吃了早餐,轻装简行,一路向北。

午后到达喀纳斯景区售票处,买了票,一鼓作气,先去观鱼台。

不到新疆,不知祖国有多大。来到新疆,才知道每个景区都大得离不开景区公交车。

沿着弯弯曲曲的草间公路,景区公交车把我们拉向高山草甸之上的观鱼台。窗外芳草遍地,各种小花开满草原,叫人心旷神怡。

下了车,沿着景区的木栈道向上,一共有1000多级台阶。正值午后,艳阳高照,走一段台阶,就需要休息一下,站在栏杆旁,远望喀纳斯湖,真美!

在黑森林与绿草坡的簇拥中,翡翠般的湖水出现在我们的视线里。仿佛美女半露容颜,叫人忍不住想拿出手机、相机来拍照。

一边拍，一边感叹喀纳斯湖水的美好，再向上走，仍会情不自禁地赞叹湖水的颜色如诗如画，时不时会停下脚步，再拍些照片。

而身边的草坡上，野花遍地。

蓝天之下，白云悠悠，翡翠般的湖水，还有那边排列有序的黑森林与草坡相映相衬，整个大地像一幅颜色浓重的西方油画，鲜艳唯美。

在栈道低处，只能看到喀纳斯湖的一部分，随着高度的增加，湖水在视线里出现的面积越来越大。及至登上观鱼台，整个喀纳斯湖便尽收眼底。一湖翡翠，满山浅青与浓绿，就像一位美少女掀起了头上的丝巾，喀纳斯湖显得更加绰约多姿。

迈步在去往观鱼台的栈道上还挺辛苦，走一会儿得休息一下。午后艳阳高照，我们觉得炎热难耐，走走歇歇。及至登上观鱼台，在二楼的亭子里享受着阴凉，还有眼前美景，便会忍不住想留下来。不知道拍了多少视频和图片。游人挤挤挨挨，都觉得自己没有拍够似的。

观鱼台设计奇特，大概是根据湖怪的传说加上当地的文化元素做出来的。圆顶之上竖着几个奇特的尖角，周围配有鱼的图案，建在山巅的岩石上。既是一个标志也是一个供游人乘凉赏景的亭子。

因为时间关系，我们欣赏、拍照之后，从另一条小路下山。路边山花烂漫，草坡青葱。走在这山地草原上，会觉得天地美轮美奂。我多次站在花丛中留影，感觉自己已经沦陷在这大美的天地里。在山下休息的时候，我在花丛中拍了一个小视频，更觉得自己已经把美好收于心中。

离开观鱼台，我们坐上景区公交车，来到了双湖码头。在这里临湖赏景，近距离欣赏喀纳斯湖。一湖醉人的蓝色，叫人欢喜。

想去坐船，人特别多，就在码头上临水拍照。之后在湖边休闲赏景。

真是美好的水！如果拍成纪录片，喀纳斯的风景绝对是一部风光大片。湖水蓝得透亮，周围山坡草原芬芳，黑森林排列有序，油画一样滋润，叫人觉得一切惬意美好之极。

傍晚时分，我们坐上景区公交车，去往喀纳斯新村。在第四站26号院下车，入住我们的八人小木屋。虽说人多，但我们的小木屋看起来挺干净，床单洁白，被子松软。有卫生间，可以冲澡。躺在床上，闭目养神，想想这一天的所见，很累但无悔。

时间尚早，我在木屋前溜达拍照，感慨世间竟有如此安逸的村落。房前屋后，芳草青青，小径相连。院中有长椅木桌，可以坐着喝茶赏景，想想心事，安然自得。我觉得这分明就是陶渊明笔下的世外桃源。夕阳斜照，草丛木屋，安逸宁静。闲闲地休息，或者拍照，我是真的又一次陶醉在这世外桃源般的安逸里了。

晚饭后出去溜达，街上灯光朦胧。一排一排小木屋，如在画中。有的安静，游人似乎早早睡了。有的放着音乐，走进去，会看到当地人在做烧烤。8元一串，我坐下来报了两个羊肉串。一边等待，一边和当地人聊天。原来这些人，有的家在远方，来此打工，有的是附近的人来此做生意，只有木屋的主人才是当地的村人。

幽暗的灯光中，我走回去，简单洗漱，一觉睡到了天亮。

第二天早上，想放慢节奏，起床后我到村边走了走。原来，这里有一条哗哗流淌的河流，河水湍急。牛羊隐于树下，草地上还有白色的毡房，一幅草原人家的生活场景。

河边树木葱茏，小木屋就在附近不远处。屋前挂了一绳衣服，花花绿绿。晨曦里一切显得格外安逸。我有点儿迷糊，想，该不是真的到了陶公的世外桃源吧。脚下青草绵软，有几堆牛粪，我才仿佛从梦里清醒，抽身离开。

回到住处，换上我的绿色真丝大花旗袍，在这样的氛围里，我特想做一回古代女子。我喜欢这样的小院，小木屋前，芳草小径，木栈道纵横，我迈着轻盈的步子，让伙伴帮我拍照留影，美滋滋地似乎有了更多幸福。

中午早早吃了饭，带上小背包，坐上区间车，我们去喀纳斯三湾游玩。

坐在车上，一路赏景。我们先来到神仙湾。这里芳草遍布河谷，花朵挤挤挨挨。草场那边就是湖水，浅青淡蓝，如梦如幻。湖对岸山坡上黑森林密密麻麻，排成一道绿墙，为湖水、草场做了屏障。天空下美景连天，让人留恋。

草中有路，可以徒步向前，也可以欣赏风景之后再到路边乘坐景区公交车向前去。我和同伴拍照留影，然后乘坐景区公交车去了月亮湾，听说月亮湾的风景更好看。

果然，下了景区公交车，居高临下，就看到黑森林包围着一条弯曲如S形的河流。河水如翡翠一样，有的地方是青绿，有的地方是浅蓝，如诗如画，美轮美奂。我拿着手机拍啊拍啊，仿佛要把这条河流搬回家乡。

在高处欣赏过月亮湾的美好，我们便决定到河边去玩水。那一河的美好，实在叫人留恋。来到水边，感到那一河碧蓝就是流动着的琼浆玉液。我们都成了被美景俘获的俗人。真的，我特别想高歌一曲，歌唱月亮湾的美好。

在高处看，月亮湾是凝滞不动的翡翠，色彩丰富，深浅不一。来到水边，发现其实喀纳斯河是一条哗哗流动的大河，河床宽阔，河水如宝玉一样美好。有人拿它和九寨沟的水比较，我觉得各有千秋。九寨沟的水是一种无法形容的深蓝，这里的水是那种透明的亮蓝，如玉如翡翠一样美好。九寨沟的海子，一个连一个像静止了一般。喀纳斯河，河床宽阔，河水哗哗流动，一幅大河气象，姿态万千，奔流不息。偶尔有一棵倒下的老树，仿佛已经成为河中的半座小桥。

黑森林像卫队一样守在喀纳斯河两岸的山坡上，排列有序，我在河边走走歇歇，拍拍照片，心里边感动得无法形容。大美无言，只能用心体会。

大凡世间的美好，总是如此超凡脱俗，让人陶醉得稀里哗啦，却说不出更多的言语来。仿佛一场美的盛宴，让人"大快朵颐"却不想吱声。

其实我想用千千万万的语言来形容来让所有的人明白，可是却很无力，只能于千万次的感动里，醉心地走向前去。

　　沿河徒步，我走了半下午。将近约定时间，我才行至卧龙湾。简单欣赏，坐上景区公交车，一路流连窗外美景，如大片不断闪现，于万千不舍中，我离开了祖国西北的大美之地。

禾木——西北之北的桃花源

昨天下午，在喀纳斯月亮湾水边栈道上徒步的时候，我因为一脚踩空，脚崴了。当时没感觉。在景区的凉亭休息，再起身的时候，我发现自己的脚疼得几乎不能走路。忍着疼痛上了卧铺车，我们去往禾木。

路上领队一直在打电话联系订房，最后却告诉我们，禾木景区人多，没有订到房间。在禾木住宿的计划泡汤了。晚上，我们在禾木景区外的卧铺大巴上休息。

极端灰心，不知道此行剩下的长路如何走完。更不知道明天的禾木景区，我能不能进去欣赏风景。脚疼到极点，几乎不能走路。

好在同伴姐姐把她带的正骨水给我用了。好心的车友姐姐也上前询问，说她带有虎骨膏，给了我两贴。赶紧用上，心里算是吃了个定心丸。

但是前途未知，心里仍苦不堪言，只好默默忍着。

大家都下车去附近的村庄观看篝火晚会了。我一个人慢慢地下了车，在附近找了个地方，席地而坐。想透透气，却思绪万千。真想结束行程，乘飞机回家去。转念就觉得所有的想法都是负担。不可能的事就不想了，既来之，则安之。在离大巴车不远的空地上凉快了一会儿，司机吃饭回来，我就上车去躺着休息了。默默祈祷，希望我的脚赶快好转。

这一晚，真是一个难忘的夜晚！

第二天早上5点，我们的卧铺大巴车就出发了。至禾木景区售票处已经8点。本来想，若我的脚没有好转，就不进景区了。谁知歇了一个晚上之后，疼痛感减轻了许多。虽然不敢用力，但是已经可以稍微轻松地向前走动。就这样，我随着大家买票进入了景区。

坐在景区公交车上，一路上欣赏风景，感觉挺好。车行路转，草坡青葱，峡谷幽深，灰蓝色的河水一路相随。走了近一个小时，才到达禾木乡。

下了景区公交车，再上区间电瓶车，一路上的小景点也不敢擅自下去欣赏。做好了走马观花，在车上看一下风景就出去的打算。

伙伴们在卫生所下车的时候，我也动了心，想下车去看看。

简单观赏，大家都上村子后面的观景台去了。我因为脚疼的缘故，留在乡里看风景。

真像来到了世外桃源！一座座小木屋前，长满了花花草草。有向日葵，有玫红色的、紫蓝色的、浅粉色的各种小花，让人感到一派诗意。

看见路边有一个早餐点，我去吃了早餐。要了一杯鲜奶，又要了三个油炸子。油炸子3元一个，我吃了一个，带走两个。进入新疆，只要有新鲜的美食，我都会毫不犹豫地买一些，或者当时吃掉或者带在车上备用。

新疆的鲜奶都很好喝，酸奶是自己做的，味道也不错。油炸子、油塔子还有新疆大馕，时刻陪伴在左右，奶粉也很浓香。进入新疆第一晚，我就买了一包喀纳斯甜奶粉，非常好喝。没有饭店的时候冲一包奶粉，放入几块馕饼，我也吃得津津有味。出行选择户外，就相当于选择了最简的出行，得做好吃苦的准备。当然，不进购物店，能充分地遇上好风景，这就是最大的安慰。

简单吃了早餐，我心满意足去那些长满花花草草的院子里赏景。

禾木是图瓦人的村落。昨天有人去白哈巴回来，我们关切地询问，

227

说和喀纳斯大同小异。

据说成吉思汗西征之后，遗留下的图瓦人在此落脚，有了西北之北的三个村落：白哈巴、喀纳斯、禾木。

图瓦人把一根根原木嵌在一起做房，房顶做成人字形。小木屋散落在草原河谷中，特别原始，与高山、草原、森林、河流、峡谷为伴，看起来简单，诗意，浪漫。

旅游为村子带来了生机。这里没有高楼大厦，但旅游业发达。小木屋里有商店，有超市，有咖啡厅，有饭店，家家户户都搞民俗旅游。本来我们要在禾木住上一晚，因为没有订到房间，只好在卧铺车上休息了一晚。

我在几个长满花花草草的木屋前留恋。因为花儿开得热烈，我恋恋不舍，请行人给我拍了一些照片。有时候我也帮行人拍照。那花丛间凉亭下搭有秋千，我也去享受了一下。坐在秋千上，看着蓝天白云，看着眼前的鲜花，就觉得像来到了童话里。陶渊明的桃花源，在此处是最好的体现。

一个个院子相连，或者分开。房前屋后都是花草。我流连在这样的花丛里，觉得这样的院子浪漫舒心，感到非常惬意。也不知道拍了多少照片，特别欢欣。想到别处看看，就慢慢向前去。来到村外边，发现观景台离得太远，就在安静的小路上走了一会儿。真被图瓦人诗意的生活感动。

一个木屋前，开满花朵，蝴蝶在花间翩翩起舞，我便迈不动脚步，觉得自己如沦陷在桃花源里一般回不过神来了。一边欣赏，一边感慨，不知不觉发现我的脚已经不疼了。心里边一阵窃喜！

去观景台时间已经不够用了。也不知道我的脚疼会不会再复发。我回到禾木乡最热闹的路上，去乘坐景区公交车，想到下一个景点看风景。

上了车，一路向前。路两边都是小木屋，院子里长满芳草鲜花。游人络绎不绝。到站后，才发现已经是终点站。心想，幸亏在禾木卫生所下车，欣赏了风景，拍了照片，体验了图瓦人的诗意生活。

许多人在等车。坐上景区公交车就可以出去了。

想撤回村子去再看看风景，可是，领队给大家约定的时间已经不够。想，就这样吧。刚才我在村里已经走了好几个院落，也乘车一路欣赏，明白了它的美好。还步行到了村边看到了花开蝶舞。村外高山上，白云朵朵，缠绕在山头，如梦如幻。这一切，都领略过了，应该知足。

轻松地上了景区公交车，我一路欣赏窗外的高山、峡谷、河流、草场，在连绵如画卷般的美景中，我一路欢喜，一路向前。

因为我的脚又能走路了，这将为以后的行程减少不必要的麻烦。心里非常感恩惜福！禾木，感谢能遇见你，如诗如画的乐园！

我在这里的超市买了两杯酸奶，吃了油炸子，还喝了一杯鲜奶。那浓香的滋味，那遍地的诗情画意，我都已收藏在心中。

喜欢你，遍布诗情画意的禾木！

可可托海，我们来了

离开禾木，我们去可可托海。晚上住在北屯的卧龙山庄宾馆。

北屯是一个挺干净的小城。我们在宾馆旁边的饭店要了两个菜，一盘炒烤羊肉，一盘素炒苦瓜。在新疆只要有吃饭的地方，我们都尽量吃。有时候前不着村后不见店，在路上只好勉强凑合。这里的羊肉特别鲜嫩，苦瓜去火，连日奔波身体特别需要补充一下营养，就着米饭，我们吃得酣畅满足。

第二天早上4点多起床，5点吃了早饭。之后上车去往可可托海。沿途路边有大片的向日葵田。领队让司机停车，我们下车去拍照赏景，又收获了一份美好。

到达可可托海，已经是中午。因为进入新疆我们就买了翼卡通，刷身份证进入景区。

我们参观的是额尔齐斯大峡谷。坐着景区公交车，一路赏景。

山上没有了喀纳斯与禾木的山地草原，山体裸露。大峡谷的云杉树时不时出现在河边，河谷宽阔。河床上灰蓝色的河水，淙淙流动。滚圆的大鹅卵石遍地都是。偶尔看到山坡上有一些毡房。马牛羊并不多，只是偶尔能见到。山路弯弯沿河起伏，隔窗赏景，感觉整个峡谷空旷、简洁。就像一个朴素的美人，有着一种简单大气的美好。

一路上，看河谷中的树，树下的水，水旁的大鹅卵石，仿佛走过一个原始的天然去雕饰的画幅。40分钟左右，我们才到达石钟山景区。

下了车，徒步向前，过了一座装饰温馨的木桥，就来到了石钟山旁边。

额尔齐斯大峡谷属于阿勒泰山脉，石钟山是阿勒泰山脉中比较典型的山峰。远看，它就是一座浑圆的巨石，像巨钟一样扣在山谷内。山体像经历了亿万年的沧桑，山脚就是额尔齐斯河，河水清澈如玉，哗哗向前流动，与山中的杉树、白桦组成一幅天然的美景图。山河清简，风景如画。

走近了，从侧面看，石钟山如一头巨象的身体，庞大冗长，整个山石浑然一体，独特稀奇。在河边拍照或者在树荫下小憩，绿水长流，奇峰林立，鹅卵石遍地，让人觉得惬意。

向前去，不久就来到了小瀑布。河水清澈，从小台阶上流下来，淙淙涌动，白花花一片，看着就感到清凉。

因为前几天我的脚出现状况，不想累着自己，就没有再向前去。石钟山景区的概况已经了然于心，就一边赏景一边回去。我还专门到河边去洗了手，水清澈冰凉。河床上大鹅卵石满地，比别处的都要特别一些。

坐车回去，沿途赏景，满山谷的风景像展开的画卷。高山、河谷、雪水、杉树、白桦，在画中一路相随，简约明净，天然去雕饰，这就是额尔齐斯大峡谷。

额尔齐斯大峡谷中的额尔齐斯河是我国唯一流入北冰洋的河流。那滚满河床的大鹅卵石，还有如灰蓝色宝玉般的河水都叫人难以忘怀。

下午3点，我们来到了可可托海的三号矿脉。还是因为想多歇歇脚的原因，我在景区大厅坐着休息，了解了一下矿坑的资料。没有到矿坑里去参观。

可可托海三号矿坑，是世界上最大的矿坑。盛产目前世界上已知的

140多种有用矿物中的86种矿，其中铍资源量居全国首位。其矿种之多，品位之高，储量之丰富，层次之分明，开采规模之大，为国内独有、世界罕见，是全球地质界公认的"天然地质博物馆"。所以可可托海也称为"世界的可可托海"。

我拍了一些照片和进矿坑了解的伙伴进行了交流，了解了此前不曾知道的知识和历史。真为可可托海的三号矿坑感到骄傲，为祖国地大物博、资源丰富感到自豪！

天山天池

离开可可托海,我们一路南下,去天山天池景区。

傍晚,路过富蕴县城,吃了一碗河南信阳老乡做的砂锅烩面,又买了一些馕,带在路上备用。离开干净的富裕县城,我们的卧铺大巴又开始赶路,夜间禁行的时候在服务区休息。

第二天早上8点,我们到达天山天池景区。9点下车,排队买票。我和同伴买了套票。

先坐索道去了天山上的马牙山景区。下了索道,沿着陡峭的木栈道向上,会看到山上石峰林立,如竹笋遍地崛起,如马牙随处可见。

一边向上走,一边赏景。隐约可见天山的博格达雪峰,在天山诸峰的簇拥下,如美女半露容颜,吸引着人们向上攀登。

走累了,停下来歇息,身边石峰如林,形状奇异。向下望,就是状如屏障的天山山脉,怀抱着翠玉一般的天池水。越往上走,山下的水域面积能看到的就越多。山峰如画,环水而立。雪峰隐在云端,如诗如画。走走,歇歇,拍拍风景,很累却感到非常幸福。过去常听别人说起天山的美好,心中一直有一种仰望,现在已经走在天山之上,那自豪那欢喜无法言说。

　　来到一个宽阔的平台上，可以有更好的角度来欣赏雪峰，我们便再一次开启拍摄模式，不停地拍照，一边欣赏，一边感慨，这真是大美之地！在天山之上，欣赏着天山，望着天池，还有博格达雪峰，怎能不叫人豪情万丈！

　　时间有限，不敢停留太久，就开始下山。在如画的山水中，我们下山乘车，去天池坐船。

　　景区公交车在曲曲折折的山间公路上行驶了几十分钟，才到达天池旁边。排队上船，看到湖面翠绿，水碧如玉，心里变得无限柔软。

　　船行水动，风带来无限的惬意。我们如行在一片碧绿的翡翠之上。天山高远，森林与绿水相映，美轮美奂。都说天池是瑶池，这名字就美得叫人难忘。湖边绿树繁花，与水与山相衬，叫人流连忘返。

　　时间有限，离开时我们恋恋不舍。天下美景，莫不让人感慨。大美河山总是让人留恋。

　　在马牙山上看天山，峰峦柔和起伏，如一个美女躺在山顶，体态轻盈，一幅睡美人的倩影。而山下的天池，传说就是她的洗浴盆。山回路转，水柔和秀丽，这就是天山天池。

风情万种的新疆国际大巴扎

大巴扎在新疆就是集市的意思。

告别天山天池，我们的卧铺大巴一路向南去往乌鲁木齐。在天山上就有人告诉，说那边的城市就是乌鲁木齐。其实我一点也没有看到。

到达乌鲁木齐已经是傍晚，把行李放在奥城宾馆，我们一边逛街，一边去向大巴扎。

大巴扎离我们的住处不太远；沿着一条大街走了不久，从桥下穿过就来到了大巴扎景区。真漂亮！这大概是我见过的最豪华的集市。

高高矗立的观光塔立在大巴扎中央，周围的建筑与观光塔风格一致，遥相呼应。这里有着浓郁的新疆风情。

在步行街，看到一个圆圆的大馕立于步行街口，这就是新疆大巴扎的美食街。许多人在街上品尝美食。我们刚刚在大巴扎旁边的饭店里吃过了羊肉拌面。那美滋滋的新疆味道，已经让我心满意足。

走向对面的步行街，感到这里与厦门的中山路商业街非常相似。夜晚的大街上灯火辉煌，只是中山路充满欧洲风情，而大巴扎充满西域风情。新疆的文化元素在这里体现得淋漓尽致，五颜六色的灯光使得夜晚的大巴扎多彩迷离、风情万种。

　　大巴扎中央的广场上，人们都在跳着新疆舞。他们的脸上洋溢着说不完的幸福和欢喜，载歌载舞，叫人心动。两个小男孩10岁多的样子也跳得有模有样，极其帅气。耸肩，展臂，踢腿，眉目灵动，传情达意。女人们更是明眸皓齿，风姿绰约。天南地北的游客，在大巴扎的周围看得不亦乐乎，有的人也蠢蠢欲动，参入其中。

　　在大巴扎里逛街，一个商店连着一个商店，新疆的葡萄干大的小的，各种色彩，叫人目不暇接。连街上的人都是新疆风情的，大眼睛，白皮肤，浓眉毛，像瓷娃娃一样别具特色。走着看着心里特别欢乐。也不知走了多久，累了回去，沿途买了哈密瓜、葡萄，准备带上车明天在路上享用。

　　走过乌鲁木齐的大巴扎，觉得新疆人格外懂得享受生活。不管如何，他们都能高兴得眉目传情，翩翩起舞，让生活充满幸福。

　　乌鲁木齐因为有大巴扎，相较其他大城市有了别样的韵味。这里既有现代化大都市的繁华，又有着无比甜蜜的新疆味道，让人久久难忘。

　　第二天早上，我们早早吃了饭，又在街上买了一些馕，提上车。9点多告别乌鲁木齐，开始真正返程。

　　过哈密、甘肃、宁夏、陕西，两天两夜之后的下午两点多，回到了河南，我们温馨的家中。

大美新疆，辛苦也无悔

"我们新疆好地方啊，天山南北好牧场……"也许受了这首歌的影响，也许本来我就特别想去祖国的大西北看看，今年夏天，我们跟着市里的户外卧铺大巴车来到了新疆。

我们是在 2019 年 7 月 27 日午后从中原家乡出发的，经过陕西、宁夏，从东南向西北几乎穿越整个甘肃，在第二天夜里进入新疆，到达哈密。

第三天午后，我们终于来到了吐鲁番，去看了火焰山、坎儿井、葡萄沟。之后一路向西去了博斯腾湖，然后从天山中部穿越，向北到达巴音布鲁克大草原和那拉提草原。离开草原，一路向西到达霍尔果斯口岸和赛里木湖。

再后一路向北，经过乌尔禾的魔鬼城、五彩滩，北上到达喀纳斯、禾木，赏景之后折回南下，去往可可托海、天山天池和乌鲁木齐大巴扎。最后，穿越哈密，走出新疆，经过甘肃、宁夏、陕西，回到中原的家乡。

这一次西行，我们一共用了 16 天的时间，在北疆环行一圈，对新疆的大美风景有了初步感知。

忘不了火焰山的炽热，坎儿井民俗园中古人的智慧，葡萄沟的遍地绿色和阴凉，博斯腾湖如绸缎般光滑的湖面，还有巴音布鲁克草原的秀美，那拉提草原的独特。有着"大西洋最后一滴眼泪"的赛里木湖，就像上帝安放在新疆大地上的一颗蓝宝石，熠熠生辉，叫人如痴如醉。乌尔禾的魔鬼城并无魔鬼，焦黄的土地上，各种姿态的地形叫人浮想联翩。五彩滩，以河为界，一边树木青葱，一边彩石遍地，地貌独特。

喀纳斯则好像人间仙境，美得叫人难忘。禾木的村庄，居大山深处，诗情画意，如世外桃花源叫人留恋。

可可托海的额尔齐斯大峡谷，简约秀丽。天山天池则如一处天然盆景，悠悠白云之下，碧水凝萃。乌鲁木齐既有大都市的繁华，又有大巴扎的热闹，异域风情浓郁，独特靓丽。

新疆的每一处景点都有着风光大片的元素。回来十几天了，我仍然会时不时陶醉在某一个风景中，忘我陶醉。大美新疆，真的叫人难忘。

新疆有着祖国版图六分之一的面积，它的大，叫人想象不到。去之前我已经做了许多功课，回来后仍然在不断学习。新疆之大，真的太出乎意料。景点之美也出乎意料。博斯腾湖的秀美，赛里木湖的纯净，巴音布鲁克大草原的广袤，那拉堤草原的独特，喀纳斯的仙境，禾木的温馨，天山的万千气象都叫人难以忘怀。

因为地广人稀，景点与景点之间，距离之远也超出想象。而且多戈壁、沙漠，夏季气候干热，在享受美景的同时，需要付出巨大的体力与代价。

虽然在新疆之北环行了一圈，仍感觉新疆的美，我们只是领略了一部分。若有机会我会再去探看。

在新疆，若有机会我便会品尝一些美食：手抓羊肉、羊肉拌饭、炒烤羊肉都有体验。新鲜的牛奶、羊奶、骆驼奶10元一杯，叫人回味。手工酸奶纯正便宜，大盘鸡也极具滋味。各种葡萄、哈密瓜，各种馕，大的小的，一路上我都曾买来品尝。

除了沙漠戈壁有些干燥荒凉，我们真的已经把新疆的美好收藏了许多存于心中。

这个夏天，我从新疆走过，走过戈壁、走过沙漠、走过高山、走过湖泊、走过河流、走过草原。走过，一切就都值得！

不到新疆，不知道新疆有多美，不到新疆，也不知道新疆有多大，我们的国家有多么广袤。到了新疆才知道，我们每个人是多么渺小。珍惜生活，珍惜我们拥有的一切，好好生活，过好自己这一生，当是我们永远研读的课程。

走过一路的艰辛，拥有人间的大美，这个夏天，我又拥有了一段极其美好的岁月和记忆。

想再一次对自己说一声，大美新疆，辛苦也无悔！

第十一辑 碧水秀山入梦来

西南，有一个传说中的秘境，为着那一挂在教科书中流淌了多年的瀑布，我们飞向贵州。

初至贵阳

2019年9月29日早上7点15分，我和小女儿还有两个伙伴一行四人从新郑国际机场起飞，两个小时后到达贵州龙洞堡国际机场。接机人员把我们安排在一辆中巴车上，便不见了影子。开车的师傅在贵阳的名仕酒店，让我们下了车。刷身份证后，我们入住酒店三楼的房间。

因为早上起得早，大家在酒店休息之后才出去，咨询了吧台服务员，我们几个乘公交车去市里游玩。

这几年旅行，每到一个地方，我都喜欢坐着公交车在市里转转看看街景，感受一下当地人的真实生活。一边欣赏街景，看着人们在公交车上上上下下，一边感知这个城市的繁华与美好。大约40分钟后，我们来到了贵阳的黔灵山公园。5元的门票，买过之后进入公园。

小山上绿树成荫，小猴子在树上游来荡去。我们沿着公园通道一直走到熊猫馆才折回。

公园里处处绿色，走在树下，清爽宜人。我们没有去爬山，想到市里的甲秀楼去看夜景。在公园溜达一圈儿，简单拍照，便乘车离开。

甲秀楼是贵阳的地标性建筑。我们到达时，夜幕已经降临，华丽的灯光已经亮起来。下了车，跟着熙熙攘攘的游人走向灯火辉煌的甲秀楼。

这是一座建于明朝的楼阁，又名"来凤阁"，上下三层，白石围栏，层层收进，高约 20 米。位于贵州省贵阳市城南的南明河上，以河中一块巨石为基而建，一侧有石拱浮玉桥连接两岸，夜色中灯火灿烂，甚是好看。

甲秀楼下的南明河在夜色中潺潺流动，两岸灯火辉煌，显得宁静美好。走在河岸，沿河赏景，恍然想起夜游漓江的情形，仿佛置身在漓江岸边。夜色中的南明河上点点灯火与潺潺流水相映相衬，如诗如画，叫人心生安宁和甜美的幸福之感。初至贵阳，我们便感受到了这座城市的温馨与灿烂。

我们居住的名仕宾馆对面，小山上有一座标志性建筑名叫白宫。据说，是仿照美国的白宫而建的小区，远远望去，灯光华美与周围的高楼相互映衬，非常漂亮。

我们的居室非常宽敞，临街的一面墙全是落地玻璃窗，躺在床上即可望见对面风景。想着下午走过的路、看过的景，不知不觉就有了睡意，隐隐地就睡在了这座城市的美好里。

绿色的梦境——我们来到了大小荔波

第二天早上 6 点起床，吃早餐，7 点出发，导游带我们去荔波大小七孔景区。

沿途观景，目之所及，全是绿色的小山包。

我去过桂林，以为喀斯特地貌是桂林的专属。谁料想，贵州的大地上峰林遍地。这里才是真正的喀斯特地貌样板区，几乎没有平地，一个又一个绿色的小山头挤满贵州的大地，一抬头，一转身，一路飞驰，视野里，无不被绿色的小山包环绕。

就这样，一路欣赏遍地峰林，几个小时后，我们来到了荔波。

先进餐，再去景区，这样便可以有充足的时间来欣赏风景。

导游带我们来到了荔波小七孔景区。进入景区便有淡绿色的水映入眼帘，满山青葱的树叶，与绿水相映，一下子就让人变得神清气爽。

向里走，水色渐浓。潺潺的水，像绿色的宝玉。在卧龙潭，水哗哗流泻，如绿潭里坠下洁白的流苏，拉成宽宽的瀑布，跌入山涧的乱石中，叮叮咚咚，叫人欢喜。

到了翠谷，河床渐宽，谷中水潭如小湖。水草丰美，满山绿色。更妙的是半山头涌出一股瀑布，沿山体漫流而下。在满山浓绿中，东奔西突白花花流入山谷中的小湖无比灵动，引得人们前去欣赏拍照。

再向前去，进入水上森林区，更有意趣。一棵棵多年生的老树或者古藤立于石块之中，树冠遮天蔽日。而树荫之下，溪水哗哗流过一个个石块。我们沿着石块向前去，溪水淙淙有声，身边藤蔓纵横，老树生于石间，在空中相连，是真正的水上森林，这环境让人心生惬意，觉得有无限意趣。

迈步在淙淙溪水之中的石块上，顺流向前，有时候石块被水浸湿，特别光滑，得小心翼翼。走累了抬头欣赏周围风景，觉得满山灵动，满山情趣，特别凉爽可人心意。

到达小七孔景区时，我们深深地陶醉了。小七孔桥下的水，颜色是那么绿，绿得让人形容不出它的美，翠玉一般。满河的水仿佛天上琼浆，倾倒在此，满山绿色映衬，显得无与伦比得美好。

小七孔桥并不宽，只有4米左右，石板的桥面很古朴，据说修建于清道光年间，是西南通向广西的要道。七个桥孔，倒映水面，形如满月，诗意纵横，随便拍张照片，都是精致的小画卷。

怎么形容那水的美呢？如一河青绿的翡翠。夕阳斜照，如梦如幻，如来到一个奇异的仙境。小桥旁，野草蔓生，有古树的倒影。总想拍照，因为每一张照片都美轮美奂。我们在这里流连，在河边嬉戏，在桥上走过，在另一岸欣赏，不同的角度，不同的美好，总觉得没有看够，及至该离开了，还恋恋不舍。

没想到回去的路上，遇见更多的惊喜。断桥飞瀑，让人惊叹那水的洁白丰沛，游人立于瀑布坠落处，不怕瀑布打湿衣服，在谷底拍照，一脸欢喜。

拉雅瀑布在河的另一侧，半山漫流而下，水雾飞溅，挺有气势，青山绿树间显得非常诗意，非常仙气。

68级瀑布沿路相随，时而轰鸣而下，哗哗作响，时而漫流倾泻，轻

245

歌曼舞。山青水碧，一路欢歌相随。莫不叫人心生惬意，不住地赞叹。

　　一路走来，一路看，风光无限，美景连连。醉于那水的绿，那水的白，那水的温柔，那水的明净，那水的灵动，那水的一路浅吟高歌。走着看着，神清气爽，心眼明亮。心里总是微微陶醉，这里真是一个好地方，风光无限，让人迷醉。

　　和小七孔景区相对，还有一个大七孔景区。在东门乘车，我们到达大七孔时，时间已经不早了。买了船票去大七孔，电动竹筏一路向前，周围峡谷深深，气象万千，绿水横流，风光无限。

　　下了船，沿河赏景。漫步恐怖峡，感觉大山秀丽，绿水美好，去了天生桥，看了妖风洞。再买票坐船回来，远望大七孔，感觉上天特别钟爱荔波，在这里留下如此美景，叫人无限留恋。

　　大小七孔，真是个让人难忘的地方。那水如嵌在贵州大地上的绿宝石，熠熠生辉，叫人难忘。也像一条美丽无边的绿丝带，叫人迷恋赞叹，叫人如痴如醉，难以忘怀。

　　晚上，我们住在荔波县城。去了美食街，在网红打卡的餐厅吃了豆花鱼，感受了荔波美味。观看了一场露天国庆晚会，无数灯光把荔波的夜空装点得光彩夺目，无人机在夜空中拍摄的现场画面清晰震撼。风景如此多娇，生活如此美好！这个国庆，我们在荔波的美好风景和美好生活中深深醉了。

千户苗寨一幅画

2019年10月1日，早餐后，我们从荔波县城出发，去往西江千户苗寨。

一路上，目之所及，仍然是一座座独成风景又相连在一起的绿色小山包。山上绿色的矮树杂草郁郁葱葱，贵州的大地到处绿意横流。

路过高腰梯田，导游让司机停车，让我们欣赏风景。只见层层叠叠的梯田之上，禾稻已经收割，整齐地摆放成小小的草垛。导游说禾稻未割之时，高腰梯田看起来非常漂亮。虽然未看到梯田盛况，但下车呼吸一下绿色植物释放的新鲜空气，心里感觉还是非常清爽。

几个小时的车程，到达苗寨已经近11点。先去吃饭，是典型的苗家长桌宴。几个穿着蓝色苗服，戴着银冠的苗家妹子在门口唱着歌曲迎接客人，一个年轻的后生吹着芦笙伴奏，一时间饭店门前异常热闹。上了楼，看到一排排长桌上倒扣着一个个小白碗，碗上放着一个个玫红色的鸡蛋。

路上，导游已经给我们介绍了长桌宴的坐法和红鸡蛋的吃法。我们依次坐下，两两相对，拿起红鸡蛋，有人兴奋地在额头上滚动，然后对着额头猛击，据说这叫红运当头。用力小的几次才敲开鸡蛋，剥了皮，手上沾了红颜色，去卫生间洗了手，再来到长桌旁。苗家服务员已经开始上菜，长桌中间的液化气上放着一盆酸汤鱼，凉菜可以放进去涮着吃，吃着那别具风味的酸汤鱼，觉得一切新鲜而有趣。

正吃饭的时候，满头银饰的苗家妹子前来敬酒，有男士被妹子灌酒，一边唱歌一边喂菜倒酒，几个妹子手中的酒壶在空中排成梯田状的阵势，不停地浇下去，男士们自然被灌得酒湿衣衫，狼狈不堪。周围的人则掩饰不住兴奋，呼叫着拍照。一时间，歌声、欢呼声此起彼伏，长桌旁甚是热闹。大家都开了眼界。

饭后去寨子里游玩，一边走一边赏景，仿佛来到了一个与世隔绝的秘境。咖啡色的吊脚楼，据说是枫树所制，黑色的瓦顶显得特别凝重。

在观景台欣赏千户苗寨，一览无余。黑瓦作顶的吊脚楼，依山坡而建，上下排列，层层叠叠，铺展开去，鳞次栉比。仿佛苗家建筑博物馆，在几个山坡上形成一片吊脚楼的海洋，远远看去，挺有气势。

山下有河，还有小学校，能看到校园的塑胶跑道。观景台旁，游客们熙熙攘攘，有的换上苗家服饰，美滋滋的，拍照留影。有的坐在小亭子里休息，远望苗寨，体会这里的独特氛围。

在苗家博物馆参观，我看到介绍，说西江现有苗家1000多户，6000多人，故有"千户苗寨"之称。这里是我国历史文化名镇之一，也是世界第一大苗族村寨。由水寨、平寨、也东寨等一些自然村寨组成，寨寨相连，户户紧靠，是世界上最大并最具有观赏价值的苗寨。素有"苗都""天下西江"之美誉，被誉为中国苗族文化艺术天然博物馆，是研究苗族历史与文化的活化石。西江有古歌、飞歌、情歌、木鼓舞、铜鼓舞和芦笙舞，构成西江歌舞的海洋。

从博物馆出来，漫步苗寨古街，两边的吊脚楼上插满红旗，一片红艳。各种小吃店、文艺小店琳琅满目。青石板的地面干干净净。一边走一边看，时不时去看一看那些稀奇的小吃，买上一些，一边品味一边赏景。走累了，可以在风雨桥上歇息，有长椅，有凉亭。还可以选择沿河漫步，对岸的吊脚楼层层叠叠出现在视线里,客栈内挂着金黄的玉米棒,一切显得古朴而有诗意。

逛完寨子来到文化园,有红辣椒做成的大面国旗,玉米棒做成了五角星点缀其间,让人感到浓浓的国庆气氛和苗族人的爱国情怀。玉米棒做成的装饰墙立于大国旗两侧,前面放着黄色的大南瓜,玉米棒堆成一堆,感觉更像晒秋场。周围有用草绳缠成的劳动者的造型,别具风情。

我拍了个视频,加上王菲的《我和我的祖国》那甜美的歌声,上传到抖音上,每次看到都会想起那个别具一格的国庆,想到我在西江苗寨赏景的幸福。

美丽的苗妹,别具一格的长桌宴,层层叠叠的苗家村寨和吊脚楼像画一样留在了我的记忆里。

苗家人以种植水稻为生,村外一派田园风光。禾稻已经割去,禾草捆成束整齐地摆成小草垛,放置在稻田上。

漫步村寨,会看到许多苗银饰品。这里苗银工艺有名,那一件件精美的银饰也让我们感受到了苗族人民对美好生活的向往和祝福。

告别千户苗寨,我们去往安顺方向,第二天将去往此行的另一个风景区——黄果树瀑布游玩。

黄果树瀑布——此行我们为你而来

国庆双飞贵州六日行，其实主要只为一个地方，那就是中学上地理课时就开始向往的黄果树大瀑布。

2019年10月2日，早早吃过午饭，我们便来到了黄果树瀑布景区。先去天星桥，正值国庆，入口处游人挤挤挨挨。及至进了景区，发现这里石峰林立，奇形怪状。竹林丛丛，老藤纵横，看不到土壤。树生石中，根七股八杈抓紧岩石，紧贴石上，或者从石中长出老藤，在天空中形成一片绿色的世界，遮天盖地，让人心生惬意。漫步水上石块，或者走进狭窄的岩石中间，处处有景，得小心脚下，否则便会"湿"足水中，或者被凹凸不平的山间地形磕到。

有水时，荷生水上，一片恬静。有石时，常常如天然盆景，石上有仙人掌，让人觉得不可思议。长在沙漠中的仙人掌，在这里飞上了石林，在高处向人招手，似乎显示着另一种顽强。

脚下常常有水，沿着一个个石块前行，一边走，一边感叹山中风景奇异。走在山石间，老藤常常堆成扯不开的风景，叫人感叹生命的神奇。常常有无数的藤从石块间钻出来，歪歪斜斜吊在石上，让人觉得奇特。

头顶上浓荫遮天,仰望时满眼绿色,俯首时遍地奇石。随着游人小心地向前去,也不知走了多久,来到一片开阔的湖水前。那边有亭子,仔细看时发现已至高老庄,眼前的湖叫作天星湖。水平如镜,中间有喷泉如花柱散开。据说《西游记》剧组曾在此拍摄镜头。坐在亭子下休息片刻,向前去,来到黄果树民俗馆。简单浏览,即去往黄果树大瀑布。其实很想去另一个方向探看天星桥前面的风景,只是导游安排的时间有点儿紧张,只好匆匆离开。

　　在黄果树大瀑布景区,游人更多。走过盆景区,向前隐约瞧见大瀑布挂在万绿丛中,就觉得特别美好。

　　国庆旅游,通道里人们摩肩接踵,一点点向前挪移,望着远处山顶那洁白的瀑布,心里像张望一位秀丽的女子,心情急切,却也不能快速走近。

　　大瀑布在绿树的怀抱中飞身坠落,常常被树叶遮挡。我们走走停停,挤挤挨挨的队伍只能慢慢向前蠕动。工作人员截流的时候,我们的前方正好有一丛绿竹,挡住了瀑布的大半个面积。望着那出现在视线里的一点点瀑布,就觉得大瀑布像美女娇羞的容颜,更让人心生向往。

　　因为瀑布后面的水帘洞狭窄,观景限流,要半个小时左右工作人员才放行一次。我们就那样站在山间通道上等待着。

　　时间久了,欣赏一下周围的风景,觉得也挺美好。大瀑布周围,满山遍野都是绿树丛。谷底绿水潺潺,山对面瀑布喧响。天空中,像下着小雨一般。有人穿着雨衣,我们没有准备,头发被淋得一片潮湿。等啊等啊,前面一波人在瀑布后面的水帘洞里,欣赏完风景走出洞去,我们这一波人才开始放行。走过那一层层遮挡我们视线的绿竹,大瀑布一览无余地出现在眼前的时候,就觉得真好!大瀑布真有气势,真的好漂亮!像无数的玉珠从山顶上滚滚而下,像一匹匹白色的绸缎凌空而降,大瀑布像一位洁白无瑕的美少女让人欢喜,叫人沉醉。

　　我们一边向前走,一边把目光定格在大瀑布上。我的心醉醉的,被大瀑布那宽广的气势深深吸引。资料记载，黄果树大瀑布高 77.8 米，宽 101 米，是亚洲第一大瀑布。正值秋季，瀑布的水量不是最大的，但是洁白无瑕，是最漂亮的。青山绿水间，叫人感觉无比美妙！坠下去的瀑布水砸在河道里，溅起一片片白雾，升腾到空中，在山谷周围扬起丝丝雨星，一切便显得更加有诗意了。也许是水汽大的缘故，瀑布周围的山崖，植被茂盛，绿意葱茏，与洁白的大瀑布相映相衬，美丽之极，叫人欢喜！

　　太阳出来了，河道里竟然有了一道彩虹。我们一边感慨，一边向前去，那宽阔的大瀑布流啊流啊，如倾珠撒玉般美好，叫我们挪不动脚步，觉得这真是一道美丽的视觉盛宴！大瀑布的气势，大瀑布的格局，大瀑布的秀丽，大瀑布的美好，真的叫人深深眷恋。

　　走进水帘洞，在高高低低的山石之间，水珠滴滴答答从头顶上落下，洞里的钟乳石在彩灯的照耀下，五颜六色非常漂亮。

　　在大瀑布后面看瀑布，感觉非常奇妙，白花花的瀑布从头顶前方撒下来，眼前如挂着水晶似的珠帘，那么纯净，那么透亮，叫人无比留恋。

　　走向洞外，从另一侧来观赏瀑布，再次被大瀑布的高大秀美震撼，大美江山，如此秀丽，长瀑如虹，叫人痴痴迷恋。大自然的美，总是出人意料，美好壮阔，叫人为之倾心。

　　远观近看，前后左右，我们围着大瀑布走了一圈，仿佛在欣赏着一位绝世佳人，一次又一次陶醉。

　　真是一个壮阔秀美的大瀑布！

　　离开的时候有点儿不舍，频频回头，想再次体验一下那灵动的美好。及至走在河中桥上，忍不住又拍了些图片。

　　大瀑布在远处不停地轰鸣而下。回头望去，山青水润。瀑布下面的河道里绿水长流，宛如一卷绝美的画。

　　时间已经不早，我们在大扶梯处排队买票出去，看到这样的广告语：寻一处秘境，独享一场黄果树的生态盛宴。就觉得这一天过得真是美好。

在陡坡塘出去,天已大黑。没有在陡坡塘欣赏到风景有点遗憾,但想想能看到大瀑布,心里已经有了安慰。这样前前后后,左左右右地欣赏了黄果树大瀑布,感受了它的美好,觉得此行不虚,非常知足。

乘车离开,我们去往贵阳的方向。

青岩古镇漫步

去青岩古镇的时候已经是半下午。

进入古镇，先是一片开阔的风景园，水上有睡莲，水边有繁花芦苇丛。沿着中间的石坂小路向前去，来到一座灰砖拱门前，上写"定广门"。上面有两层翘角小楼，建于厚重的城墙之上。周围地势险要，看起来易守难攻。

资料记载，青岩古镇建于明朝，是古时贵阳南面最重要的军事防线。城墙上设有垛口、炮台。远看城墙，雄伟壮观，气势恢宏。有"西南门户"之称，是古代的一道坚强屏障。

进入城中，街道两边，黑瓦木质的吊脚楼高低错落，鳞次栉比。各种小生意热闹非凡。国庆佳节，街上游人挤挤挨挨，红旗飘飘，青石板的地面，弯弯曲曲的街道，高高低低的路面。我们一边欣赏街景，一边寻找美食。导游说，这里的糯米糕挺好吃，酸梅汁味道也不错。我们一边寻找，一边在小街漫步，感受着青岩古镇的风情，黔乡土特产、卤猪脚、手工姜糖都叫人稀罕。

在小镇的北门，我们登上古城墙，欣赏了另一侧的广场、建筑，然后才原路返回。依然是游人挤挤挨挨的小街，高高低低的咖啡色吊脚楼，各色小吃店，挂着鲜艳的小红旗。小街上有着黔乡特有的风情与美味，我们买了些卤猪脚，听说这是古镇上一道很有名的美食。

心满意足地回去，觉得青岩古镇高低错落，有着黔乡特有的韵味。能感受到青岩古镇易守难攻的精心设计，也能体会到现代黔乡人的美好生活。小街上的每个小店，都极具特色，各种美食飘香，各种手工制作精心，琳琅满目。苗家美衣、苗银，处处叫人感到苗家人对美好生活的向往和珍惜。

这是一个极具黔乡色彩、滋味俱全的古镇！

多彩贵州，峰林遍地如画卷

对于黄果树瀑布的向往，来自中学时代学地理课时的喜爱。一直到2019年的国庆才终于有机会走进去欣赏。

去看黄果树瀑布的行程是双飞六日，这样我们便得以在贵州的大地上认真地体味这个西南的神秘之境。

飞机向下降落时，我们看到的几乎都是绿色的小山包，及至在贵州大地上奔驰，去不同的景点，才发现贵州几乎没有平原，一个又一个绿色小山包出现在视线里。山也不高，却长满绿色的矮树与杂草，绿生生毛茸茸，叫人感觉有趣。空气特别新鲜，吸一口都觉得满腔青葱。目之所及都是绿色，让人感觉一切特别舒服。

去桂林时，以为见识了喀斯特地貌。到了贵州，才知道这里的喀斯特地貌比起桂林的一点都不逊色。漫山遍野都是绿色的峰林，甚至比桂林的更加丰富。

出发前对于贵州我的心里没有什么想法。只知道是山区，没想到山这么特别，遍地开花，峰林无数，如展开的画卷。

虽然此行为黄果树大瀑布而来，但行程里有另外一些景点。去大小荔波看风景时，一进入景区便开始诧异，贵州竟有如此漂亮的风景，满眼绿水如翡翠般灵动秀美，叫人迈不动脚步。

在水上森林漫步，踩着每一块山石，行于淙淙流水间，头顶上是老树古藤，身边是绿树遍地，一如来到精美的画卷之中。有植物的宁静，有溪水的清澈，叫我怎么说呢？想搬回家乡去，天天能走进去，体会这样美好的意境。这样诗意的山水，怎能不叫人痴痴迷醉？

在小七孔景区，树青，水碧，怎么形容呢？一河青绿，堪比翡翠，比翡翠更有生命力。

如九寨的水，又比九寨的更绿。叫人如坠仙境，疑心此地非人间所有。

荔波的美，美在小七孔的水，美在大七孔的峡谷，更美在一路上瀑布飞溅，层层跌落奏出的交响乐。瀑白水绿，一路相随，灵动妩媚，叫人感慨万千，叫人无比沉醉。感受了大小七孔的美，去千户苗寨才明白这大山的主人原来如此智慧。层层叠叠的吊脚楼在大小山坡上相聚，排开如建筑的展览馆，如大山的点睛之笔。漫步古街，感受美食，走过风雨桥，遥望这里的一切，恍若来到遥远的梦境里。

不到贵州不懂得世界上还有这样一个民族，过着这样美好的生活。

那别具一格的长桌宴，那醒目别致的红鸡蛋，那苗家少女的敬酒曲，无不叫人觉得日子是这样富有乐趣。

及至走近黄果树大瀑布，我更是完全被它震撼，那么高的落差，那么洁白的瀑布从山顶落下去，飞珠溅玉一般，砸在河道里，升起袅袅烟雾落于山间，山清水秀，气势宏大，荡胸涤心，叫人沉醉。水帘洞里行走，水珠滴答，外面飞珠泻玉，滚滚而下，气势震撼，令人感叹大自然的造化奇妙。

行走在青岩古镇，看着那古长城一般的墙体，欣赏着那咖啡色的吊脚楼，满街美食，品尝着那糯糯的米糕，喝着那酸甜的杨梅汁，感觉特别惬意，贵州的滋味沁入心脾。

贵州的美，贵州的滋味，像一瓶陈年老酒，让我们对这片大地有了丰富的不同一般的体会。

山水醉

人还是要有梦想的，万一实现了呢？

青春的时候，我有过许多梦想。其中一个就是山水梦。我曾经想过，长大了要走遍祖国的名山大川。其实有这想法时，也只是一个朦胧的意念。仿佛很遥远，我并未敢想真的能实现。

未想到多年以后，虽然没有完全实现，但在生活的间隙里，我一次次背起背包出发，一次次走出去探寻，已经将这个梦想实现了一大部分。因着五岳归来不看山，黄山归来不看岳，我先去登了黄山。之后，去了许多地方，威海、三亚、厦门、南京、苏州、杭州、满洲里、北极村、哈尔滨、丹东、大连、烟台、蓬莱，以及上海、新疆、贵州，东南西北都有涉足，高山大海也常去探访。回首每一个行程，心中真的感觉很安慰。

我喜欢旅行，尽管身体并不强壮，物质并不丰厚。尽管每一次出行都很疲累，我还是忍不住想去外面的世界探寻。

我喜欢山水喜欢远方，喜欢旅程中新的遇见。这一种生活方式打破了平日生活的安闲，让我的心变得更有生机与活力。

在旅途中，我看山的丰富巍峨，看水的辽远壮阔，看花草树木的别样美好，我的心因此变得更加广阔。

在旅途中，天地山水滋养我的灵魂，我仿佛变成一只快乐的小鸟在新的世界里鸣唱，风土人情的美好滋润着我的内心，让我的思想像春天的大地一样温暖清新。

我为山水陶醉，被天地感染。我读山读水，山水给予我甘露般的浸润。

看山看水的路上遇到一些不同的人，让我有了更宽阔的眼界。

在三亚和儿子一起去蜈支洲岛的时候，路过一个小渔村。我看到一个小男孩骑着小自行车正行驶，忽然被他的小伙伴推倒。我以为小男孩会趴地不起哭闹，谁知那可爱的小孩被咚的一声撞在地上后，竟然爬起来推起小自行车就走。我真为这小孩子的坚强震撼！儿子却说，这里的当地人都皮实得很。我真为自己内心时不时涌上来的脆弱惭愧。

去东北路上，有个70岁的老者，一个人出行，积极乐观，像个有梦想的年轻人。

大美的山水，太多不一样的人，他们都让我的心灵震撼。他们让我看到自己的狭隘与局限。

我在山水中成长，山水在我心中诗意澎湃。一路走来一路看，风景滋养了我的灵魂，开阔了我的眼界。我一次次陶醉于那山、那水、那景的美好，一次次被山水风景融化得如痴如醉。

山水如歌，温暖了我的岁月。

每一次出行归来，我都喜欢拾起自己的笔，细细描绘，深情叙述，每一次行程都让我反复沉醉。把自己交于山水中，我的心一次次变得和山一样丰富，和水一样壮阔。

与山水相约，一路美好，一路高歌。

岁月不老，我心依旧。若有机会，愿再出发，让生命一路芬芳一路歌。

其实，回首走过的每一次行程，我自己也感到惊讶。

原来，只要有梦，只要出发，我也可以到达。

那青春时的梦想，早已变成了生活真实的模样。

虽然追梦的路上，有过坎坷，有过艰辛，有过别人不懂的苦累。但是，当美好的风景与自己相遇，一切便都融化成了高天里的云烟。

记得，在新疆喀纳斯的月亮湾沿河徒步的时候，木栈道上有一对小情侣正在拍照。我不想打扰他们，沿着木栈道的边沿走过，没有想到竟然一脚踩空崴了脚。

当时没事，后来却疼得不能走路。旅途中，这是叫人多么苦恼多么尴尬的事情啊！

那种无望，那种痛苦，非经历不能明白。

现在，当我回首走过的路，那种经历竟也成了一种温馨的记忆。

有苦有乐，也许这就是人生。

那走过了的，都已成了我们人生的风景。

生命不息，追梦不止。感恩与山水的美好遇见！